講談社文庫

雨あがる

映画化作品集

山本周五郎

JN054456

講談社

雨あがる　映画化作品集　目次

雨あがる

映画化作品集

狂女の話

黒澤明監督が『赤ひげ』として映画化

一

その門の前に来たとき、保本登《やすもとのぼる》はしばらく立停《たちどま》って、番小屋のほうをぼんやりと眺《なが》めていた。宿酔《ふつかよい》で胸がむかむかし、頭がひどく重かった。

「ここだな」と彼は口の中でつぶやいた、「小石川養生所《ようじょうしょ》か」

だが頭の中ではちぐさのことを考えていた。彼の眼《め》は門番小屋を眺めながら、同時にちぐさのおもかげを追っていたのだ。背丈の高い、ゆったりしたからだつきや、全身のやわらかいながれるような線や、眼鼻だちのぱちっとした、おもながで色の白い顔、――ちょっとどこかに手が触れても、すぐに頬《ほお》が赤らみ、眼のうるんでくる顔などが、まるで彼を招きよせでもするように、ありありと眼にうかぶのであった。

「たった三年じゃないか」と彼はまたつぶやいた、「どうして待てなかったんだ、ちぐさ、どうしてだ」

一人の青年が来て、門のほうへゆきながら、振向いて彼を見た。服装と髪のかたちで、医師だということはすぐにわかる。登はわれに返り、その青年のあとから門番小屋へ近づいていった。彼が門番に名を告げていると、青年が戻って来て、保本さんですかと問いかけた。彼はうなずいた。

「わかってる」と青年は門番に云《い》った、「おれが案内するからいい」

そして登に会釈して、どうぞと気取った一揖《いちゆう》をし、並んで歩きだした。

「私は津川玄三《げんぞう》という者です」と青年があいそよく云った、「あなたの来るのを待っていたんですよ」

登は黙って相手を見た。

「ええ」と津川は微笑した、「あなたが来れば私はここから出られるんです、つまりあなたと交代するわけなんですよ」

登は訝《いぶか》しそうに云った、「私はただ呼ばれて来ただけなんだが」

「長崎へ遊学されていたそうですね」と津川は話をそらした、「どのくらいいっておられたんですか」

「三年とちょっとです」

登はそう答えながら、三年、という言葉にまたちぐさのことを連想し、するどく眉《まゆ》をしかめた。

「ここはひどいですよ」と津川が云っていた、「どんなにひどいかということは、いってみなければわかりませんがね、なにしろ患者は蚤《のみ》と虱《しらみ》のたかった、腫物《はれもの》だらけの、臭くて蒙昧《もうまい》な貧民ばかりだし、給与は最低だし、おまけに昼夜のべつなく赤髯《あかひげ》にこき使われるんですからね、それこそ医者なんかになろうとした自分を呪《のろ》いたくなりますよ、ひどいもんです、まったくここはひどいですよ」

登はなにも云わなかった。

——おれは呼ばれて来ただけだ。

まさかこんな「養生所」などという施療所《せりょうしょ》へ押しこめられる筈《はず》はない。長崎で修業して来たから、なにか参考に訊《き》かれるのだろう。この男は誤解しているのだ、と登は思った。

門から五十歩ばかり、小砂利を敷いた霜どけ道をいくと、その建物につき当った。すっかり古びていて、玄関の庇《ひさし》は歪《ゆが》み、屋根瓦《がわら》はずれ、両翼の棟はでこぼこに波を打っていた。津川玄三は脇《わき》玄関へいき、履物を入れる箱を教え、そこから登といっしょにあがった。

廊下を曲っていくと溜《たま》り場があって、そこに人がいっぱいいた。診察を待つ患者たちであろう、中年以上の男女と子供たちで、みんな貧しいみなりをしているし、あたりはごみ溜《ため》か、腐敗した果物でもぶちまけたような、刺戟《しげき》的な匂《にお》いが充満していた。

「かよい療治の連中です」と津川は鼻のさきを手で払いながら云った、「みんな無料で診察し投薬するんです、生きているより死んだほうがましな連中ですがね」そしてひどく渋い顔をし、片方へ手を振った、「こちらです」

渡り廊下をいって、右へ曲ったとっつきの部屋の前で、津川は立停って自分の名をなのった。部屋の中から、はいれという声が聞えた。よくひびく韻《いん》の深い声であった。

「赤髯です」と津川はささやき、登に一種の眼くばせをして、それから障子をあけた。

そこは六帖《じょう》を二つつなげたような、縦に長い部屋で、向うに腰高窓があり、左右は三段の戸納《とだな》になっていた。古くて飴色《あめいろ》になった樫材《かしざい》のがっちりしたもので、上の二段は戸納、下段は左右とも抽出《ひきだし》になっている。もちろん薬がしまってあるのだろう、抽出の一つ一つに、薬品の名を書いた札が貼《は》ってあった。――窓は北向きで、煤《すす》けた障子が冷たい光に染まっており、その光が、こちらへ背を向けた老人の、逞《たくま》しく広い背や、灰色になった蓬髪《ほうはつ》をうつしだしていた。

津川玄三が坐《すわ》って挨拶《あいさつ》をし、保本登を同道したことを告げた。老人は黙ったまま、小机に向かってなにか書いていた。鼠色《ねずみいろ》の筒袖《つつそで》の袷《あわせ》に、同じ色の妙な袴《はかま》をはいている。袴というよりも「たっつけ」というほうがいいだろう、腰まわりにちょっと襞《ひだ》はあるが、脛《すね》のほうは細く、足首のところはきっちり紐《ひも》でしめてあった。

その部屋には火桶《ひおけ》がなかった。北に向いているので、陽のあたることもないのだろう、薬臭い空気はひどく冷えていて、坐った膝《ひざ》の下から、寒さが全身にのぼってくるように感じられた。やがて、老人は筆を措《お》いて、こちらへ向き直った。額の広く禿《は》げあがった、角張った顔つきで、口のまわりから顎《あご》へかけてぴっしり髯が生えている。俗に「長命眉毛」といわれる、長くて濃い眉毛の下に、ちから強い眼が光っていた。「へ」の字なりにむすんだ唇と、その眼とは、犬儒《けんじゅ》派のような皮肉さと同時に、小児のようにあからさまな好奇心があらわれていた。

——なるほど赤髯だな、と登は思った。

実際には白茶けた灰色なのだが、その逞しい顔つきが、「赤髯」という感じを与えるらしい。年は四十から六十のあいだで、四十代の精悍《せいかん》さと、六十代のおちつきとが少しの不自然さもなく一躰《いったい》になっているようにみえた。

登は辞儀をし、名をなのった。

「新出去定《にいできよじよう》だ」と赤髯が云った。

そして登を凝視した。まるで錐《きり》でも揉《も》みこむような、するどい無遠慮な眼つきで、じっと彼の顔をみつめ、それから、きめつけるように云った。

「おまえは今日から見習としてここに詰める、荷物はこっちで取りにやるからいい」

「しかし、私は」と登は吃《ども》った、「しかし待って下さい、私はただここへ呼ばれただけで」

「用はそれだけだ」と去定は遮《さえぎ》り、津川に向かって云った、「部屋へ伴《つ》れていってやれ」

二

保本登は医員見習として、小石川養生所に住みこんだ。

彼はまったく不服だった。彼は幕府の御番医になるつもりで、長崎へ遊学したのであるし、江戸へ帰れば御目見医《おめみえい》の席が与えられる筈であった。彼の父は保本良庵《りようあん》といって、麹町《こうじまち》五丁目で町医者をしているが、その父の知人である幕府の表御番医、法印《ほういん》天野源伯《あまのげんぱく》が登の才を早くから認めてい、登のために長崎遊学の便宜もはからってくれたし、御目見医に推薦する約束もしてくれたのであった。

登はそのことを津川玄三に話した。

「そんなうしろ楯《だて》があるのにこういうことになったとすると」津川はそう云いかけたが、そこでなにかを暗示するように笑った、「――まあ諦《あきら》めるんですね、あなたの来ることは半月もまえにわかっていたし、どうやらあなたは赤髯に好かれたらしいですからね」

津川は彼を部屋のほうへ案内した。

それは新出の部屋の前をいって、左へ曲った廊下の右側にあり、同じような小部屋が三つ並んでいた。津川はまずその端にある部屋へよって、同じ見習の森半太夫《はんだゆう》を彼にひきあわせた。半太夫は二十七八にみえる痩《や》せた男で、ひどく疲れたあとのような、陰気な、力のない顔つきをしていた。

「お噂《うわさ》は聞いていました」と半太夫はなのりあったあとで云った、「ここは相当きついですがね、しかし、そのつもりになれば勉強することも多いし、将来きっと役にたちますよ」

半太夫の声はやわらかであったが、剃刀《かみそり》を包んだ綿のような感じがしたし、よく澄んだ穏やかな眼の奥にも、やはり剃刀をひそめているようなものが感じられた。そうして、半太夫がまったく津川を無視していることに、登は気づいた。津川の云うことには返辞もせず、そっちへ眼を向けようともしなかった。

「相模《さがみ》のどこかの豪農の二男だそうです」と津川は廊下へ出てからささやいた、「私とは気が合わないんですが、彼はなかなか秀才なんですよ」

登は聞きながした。

森の隣りが津川、その次が登の部屋であった。どの部屋も六帖であるが、窓は北に向いていてうす暗く、畳なしの床板に薄縁《うすべり》を敷いただけという、いかにもさむざむとした感じだった。窓の下に古びた小机があり、蒲《がま》で編んだ円座《えんざ》が置いてある。片方はひび割れた壁、片方は重たげな板戸の戸納になっていた。

「畳は敷かないんですか」

「どこにも」と津川は両手をひろげた、「医員の部屋もこのとおりです、病棟も床板に薄縁で、その上に寝具を敷くというわけです」

登は低い声でつぶやいた、「牢屋《ろうや》のようだな」

「みんなそう云いますよ、ことに病棟の患者たちがね」と津川は皮肉に云った、「かれらは貧民だし、施療院へはいったというひけめがあるから特にそういう感じがするんでしょう、おまけに着物まであれですからね」

登は赤髯の着ていたものを思いだし、森半太夫も同じ着物を着ていた、ということを思いだした。訊いてみると、医員は夏冬ともぜんぶ同じ色の同じ仕立であるし、病棟の患者は白の筒袖にきまっている。それは男女とも共通で、子供の着物のように付《つけ》紐《ひも》が付いており、付紐を解けばすぐ診察ができるように考えられたものだという。だが患者たちはそれを好まない、床板に薄縁という部屋の造りと共に、どうしても牢屋の仕着《しきせ》のような感じがする、という不平が絶えないそうであった。

「昔からの規則ですか」

「赤髯どのの御改革です」津川は肩をゆすった、「彼はここの独裁者でしてね、治療に関しては熱心でもあるしいい腕を持っています、大名諸侯や富豪のあいだにも、ひじょうな信頼者が少なくないんですが、ここではあまりに独断と専横が過ぎるので、だいぶみんなから嫌われているようです」

「火鉢なども使わないとみえますね」

「病棟のほかはね」と津川が云った、「江戸の寒さくらいは、却《かえ》って健康のためにいいんだそうです、それに、病棟以外に炭を使うような予算もないそうでしてね、――ちょっとひと廻りしてみましょう」

二人は部屋を出た。

番医の詰める部屋からはじめて、かよい療治の者を診察する表部屋、薬の調合をする部屋、入所患者のための配膳所《はいぜんしょ》、医員の食堂《じきどう》などを見たあと、津川は南の口から、庭下駄《にわげた》をはいて外へ出た。

南の口というのは、渡り廊下の角にあり、そこを出るとすぐ向うに炊事場が見えた。瓦葺《かわらぶ》きの、三十坪ちかくありそうな平屋の建物で、屋根を掛けた井戸が脇にあり、四五人の女たちが菜を洗っていた。漬け物にでもするのであろう、洗って山と積まれた菜の、白い茎と緑とが、朝の日光をあびて、眼のさめるほどみずみずしく新鮮にみえた。

三

津川はその女たちの一人を指さして云った。

「右から二番目に黄色い襷《たすき》をかけた娘がいるでしょう、いま菜を積んでいる娘です、お雪というんですがね、森先生の恋人なんですよ」

登は無関心な眼でその娘を見た。

そのとき、病棟のほうから、十八九になる女が来て、津川に呼びかけた。品のいい顔だちで、身なりや言葉づかいが、大きな商家の女中という感じであった。いそいで来たのだろう、息をはずませ、顔も赤らんで緊張していた。

「まささしこみが起こったのですけれど」とその女はせきこんで云った、「薬が切れてしまってないんですの、すみませんがすぐに作っていただけないでしょうか」「新出先生に頼んでごらん」と津川は答えた、「あの薬は先生のほかに手をつけることはできないんだ、先生はお部屋にいるよ」

その女はちらっと登を見た。登の視線を感じたからだろう、登を斜交《はすか》いにすばやく見て、さっと頬を染めながら会釈をし、南の口のほうへ小走りに去った。

津川は登をうながして歩きだした。南の病棟にそっていくと、横に長く二百坪ほどの空地があり、その向うは柵《さく》をまわした薬園になっていた。ここは元来が「小石川御薬園」といって、幕府直轄《ちょっかつ》の薬草栽培地であり、一万坪ほどの栽園が二つ、道をはさんで南北にひろがっていた。養生所は南の栽園の一部にあるのだが、このあたりは高台の西端に当るため、薬園の高いところに立つと、西にひらけた広い展望をたのしむことができた。

栽園は単調だった。冬なので、薬用の木や草本《そうほん》は殆《ほと》んど枯れており、藁《わら》で霜囲いをした脇のところに、それぞれの品名を書いた小さな札が立ててあった。霜どけでぬかる畦道《あぜみち》をいくと、係りの園夫たちが幾人かで、土をひろげたりかぶせてある藁を替えたりしてい、津川を見るとみな挨拶をした。津川はかれらに登をひきあわせ、かれらは登に向かって、自分たちの名を鄭重《ていちょう》になのった。大きな軀《からだ》の、肥えた老人が五平。枯木のようにひょろ長い、無表情な若者が吉太郎、そのほか次作、久助、富五郎などという名を、登は覚えた。

「五平のぐあいはどうだ」と津川は五平に訊いた、「まだやれないか」

「そろそろというところでしょうな」と老人は肥えた二重顎を指で掻《か》きながら、うっとりしたように眼を細めて、うなずいた、「さよう、まあそろそろというところでしょう」

「おれはこの月いっぱいでやめるんだが、それまでに味がみたいもんだな」

「さてね」と老人は慎重に云った、「たぶんよかろうとは思うが、さて、どんなものかね」

「そのうちに小屋へいってみるよ」

津川はそう云ってそこをはなれた。

「えびづる草の実で酒をつくっているんです」と歩きながら津川が云った、「色は黒いし舌ざわりもちょっと濃厚すぎるが、うまい酒です、赤髯が薬用につくらせるんですがね、そのうちにいちどためしてみましょう」

薬園を出ると、津川は北の病棟のほうへ向かった。

そちらには風よけのためだろうか、大きな椎《しい》や、みずならや、椿《つばき》や、松や杉などの林があり、ふかい竹やぶなどもあったが、その竹やぶに囲まれるように、新らしく建てられたらしい、一と棟の家があった。津川はその家のほうへ近よろうとしたが、気が変ったとみえ、頭を振りながらとおりすぎた。

「さっきのお杉、――南の口のところで会った女ですが」と津川は歩きながら云った、「あれはいまの家にいるんですよ、病気の女主人に付添っているんですがね」

「あの家も病室ですか」

「娘の親が自費で建てたんです、娘というのが特別な病人でしてね」

津川は乾いたような声で話した。

身許《みもと》は厳秘になっているのでわからないが、相当な富豪の娘らしい。年は二十二か三くらいになるだろう。名はゆみといい、縹緻《きりよう》もめだつほうである。発病したのは十六の年で、初めは狂気とはわからなかった。婚約のきまっていた男があり、それが急に破約してほかの娘と結婚し、そのために一年ほど気鬱《きうつ》症のようになった。それが治ったと思われるころ、店の者を殺したのである。そこでは十七八人も人を使っているのだが、二年ばかりのあいだに三人、一人はあぶないところを助かったが、若い二人はゆみのために殺されてしまった。

「それがただ殺すだけでないんです、いろじかけで、男の自由を奪っておいてからやるんですよ」と津川は唇を舐《な》めた、「あぶなく助かった男の話なんですがね、初めに娘のほうから恋をしかけて、男に寝間へ忍んで来させる、それから相当ないろもようがあるらしいんだが、すっかり男がのぼせあがって、無抵抗な状態になったとき、釵《かんざし》でぐっとやるんだそうです」

登は眉をひそめ、低い声でそっとつぶやいた、「男に裏切られたことが原因なんだな」

「赤髯のみたては違います」と津川がまた唇を舐めて云った、「一種の先天的な色情狂だというんです、狂気というよりも、むしろ狂的躰質だと赤髯は云っていますよ」

登の頭に殺人淫楽《いんらく》、という意味の言葉がうかんだ。長崎で勉強したときに、和蘭《オランダ》の医書でそういう症例をまなんだ。日本にも昔からあったといって、同じような例を幾つか指摘されたし、その筆記もとっておいた。

親のちからもあったろうが、娘は罪にならなかった。殺された相手は店の使用人であり、主人の娘の寝間へ忍びこんだうえ手ごめにしようとした。表面はそのとおりだし、死人に口なしでそのままにすんだ。しかし三人めの手代が命びろいをして、初めて事情がわかり、新出去定が呼ばれた。去定は座敷牢を造って檻禁《かんきん》しろと云った。さもなければ、必ず同じようなことがくり返し行われるだろう。ほかの狂気とちがって色情から起こるものであり、その他の点では常人と少しも変らないから、檻禁する以外にふせぎようはないと主張した。しかし、家族や使用人の多い家なので、座敷牢を造ったり、そこへ檻禁したりすることは世間がうるさい。養生所の中へ家を建てるから、そちらで治療してもらえまいか、と親が云った。娘の狂気が治るにしろ、不治のまま死ぬにしろ、その建物は養生所へそのまま寄付するし、入費はいくらでも出す。そういうことで、一昨年の秋に家を建て、お杉という女中を伴れて、娘が移って来たのであった。

「あの建物は全体が牢造りなんです」と津川は云った、「中は二た部屋に勝手があって、炊事も洗濯もぜんぶお杉がやるんです、必要な日用の品は、三日にいちどずつ実家から持って来るんですが、お杉が鍵《かぎ》を持っていて、家の中へは誰もいれないし、娘も一人では決して外へ出しません、あの家へはいるのは赤髯だけですよ」

「治療法があるんですか」

「どうですかね」と津川は首を振った、「治療というよりもときどき起こる発作のほうが問題らしいですよ、そのために赤鬚が特に調合をした薬をやるんですが、そうそう、さっきお杉が取りに来たのがその薬なんだが、赤鬚は絶対にほかの者には調合させないし、ひじょうに効果のいい薬らしいですよ」

殺人淫楽、と登は心の中で思った。それが躰質であり先天性のものだとすると、娘の犯したことは娘の罪ではない。不手際《ふてぎわ》に彫られた木像の醜悪さが、木像そのものの罪ではないように。

——だがちぐさの場合はちがう。

ちぐさはまったく正常な娘だった。登はそう思いながら唇を噛《か》んだ。

「可哀《かわい》そうなのはお杉です」と津川は続けていった、「それが奉公だからやむを得ないにしても、こんな養生所の中で牢造りの家に住み、気の狂った娘の世話をしてくらすなんて、しかもいつ終るか見当もつかないことですからね」

「奉公人ならやめることもできるでしょう」

「いや、やめないでしょう、あの娘は心の底から主人に同情しています、同情というより愛情というべきかもしれないが」津川は首を振り、太息《といき》をついた、「ここを出ていくのに少しもみれんはないが、お杉に会えなくなるのがちょっと残り惜しいですよ」

登はつい先刻、お杉が顔を赤らめたことを思いだした。

四

お杉が顔を赤らめたのは津川のためではない。津川はお杉と親しいような口ぶりをみせたが、お杉のほうではなんとも思ってはいなかったのだ。初めて南口の外で会ったとき、お杉が頬を染め、恥らいのまなざしで会釈したのは、登がみつめていることに気づいたからである。——お杉と親しくなったあとで、登はそれらのことをお杉の口から聞いた。

登はお杉と親しくなり、やがて、人に隠れて逢《あ》うようにさえなったが、あとで考えると純粋な気持ではなかった。自分にふりかかったいろいろな事情で、ひどくしらけた、やけなような気持になっていて、不平を訴える相手が欲しかったのと、ゆみという娘の病状に興味をもったため、というほうが当っているかもしれない。それにはお杉はもっともいい相手だった。登は養生所などへ入れられた不満を語り、ちぐさのことまでも話すようになった。彼女にはそんなうちあけ話をさせるような、しんみな温かさとやすらかさが感じられたのである。

「私は決してかれらの思うままにはならない」と彼はお杉に云った、「これは狡猾《こうかつ》に仕組まれたことなんだ、私はかれらに手を焼かせてやる、がまんをきらせたかれらが、どうか出ていってくれと頼むようにさせてやるつもりだ」

「そうでしょうか」とお杉は不得心らしく首をかしげた、「あたしそのお嬢さまのことと、ここへおはいりになったこととはかかわりがないように思いますけれど」

お杉が自分の意見を述べるなどということは初めてなので、登は訝しげに彼女を見た。

「――どうして」と彼は訊き返した。

「お嬢さまがそういうことになったのなら、天野さまはそのお償いをなさる筈ですわ、償いをなさらないにしても、御目見医にするという約束だけは、多少むりでも守らなければならなかったと思います」

それは二月下旬の夜、登がお杉とはじめてゆっくり話したときのことなのだ。

ゆみたちの住居から十間《けん》ほど離れた、竹藪《たけやぶ》の前に腰掛がある。腰掛は入所患者のために、陽当りのいい場所に七つあるが、その竹藪の前にある腰掛はゆみのために設けたもので、屋根を掛けた亭《あずまや》づくりになっており、夜などは人の近づくこともなかった。――その夜、登は新出去定とやりあったあと、園夫の吉太郎に酒を買って来させ、部屋で飲んでいたのだが、どうにもやりきれなくなって出て来た。そしてその腰掛で、瓢《ふくべ》に詰めて来た酒を飲んでいると、お杉があらわれたのだ。彼女はゆみのおかわを始末したあとで、ふと登がそこにいるような気がしたから、ちょっとようすをみに来たのだという。——ゆみは半刻《はんとき》ほどまえに発作を起こしたが、いつもの薬を飲んで熟睡したから、鍵を掛けて出て来た、ともお杉は云った。登はそれを、ゆっくりしていってもいい、という意味にうけとり、酔ってもいたので、そんな話までしはじめたのであった。

「おまえさんは気がいいからそんなふうに思うんだ」と彼は云った、「かれらがそんなに律儀《りちぎ》なもんか、おれが世間にいては面倒が起こる、ここへ入れてしまえば手数が省けると思ってやった仕事だ、おれにはちゃんとそのからくりがわかっているんだ」

「でもあなたをここへお呼びした事は、去定先生だと思うんですけれど」

登は瓢の口からまた飲んだ。

「先生はずっとまえから、ここにはもっといい医者が欲しい、ほかのどんなところよりも、この養生所にこそ腕のある、本気で病人を治す医者が欲しい、って仰《おつ》しゃっていましたわ」

「それなら私を呼ぶ筈はないさ、いい医者になるには学問だけではだめだ、学問したうえに時間と経験が必要だ、おれなんかまだひよっこも同然なんだぜ」

そこで彼はふいにうんと頷《うなず》いた、「うん、おれを呼んだ理由は一つある、それで私は赤髯どのとやりあった」

「まあ、あなたまでが赤髯だなんて」

「赤髯でたくさんだ」と彼は吐き捨てるように云った。

その日の夕飯のあとで、新出去定は登を呼び、長崎遊学ちゅうの筆記や図録を提出するように、と云った。登は拒んだ。彼は蘭方《らんぽう》医学の各科をまなんだが、特に本道《ほんどう》ではずいぶん苦心し、自分なりに診断や治療のくふうをした。それは彼自身のものであり、彼だけの会得した業績なのだ。そしてその筆記類や図録は、彼の将来を約束するものであって、他に公開することは、その価値を失う結果になるだけであった。

――内障眼《そこひ》の治療だけで名をあげ、産をなした医者さえあるではないか。

自分の医術はもっと新らしく、ひろく大きな価値がある。これは自分の費用と、自分の努力とでかち得たものだ。他人にみせるいわれもないし、義務もない筈である、と登は云った。けれども去定はうけつけなかった。

――断わっておくが、ここではむだな口をきくな。

去定はきめつけるようにそう云った。

――筆記と図録はぜんぶ出せ、用事はそれだけだ。

登はそうするよりしかたがなかったことをお杉に話した。

「もし本当に赤髯が私を呼んだのだとすれば、たしかにあれが理由の一つだ」と登は瓠を撫《な》でながら云った、「だから彼はこれまで私に構わなかった、私があのお仕着を着ず、なにもしないで遊んでいても、まるっきり知らない顔をしていたんだ」

「あなたは酔っていらっしゃるわ」

「酔っているものか、ただ飲んでいるだけのことだ」登はまた飲んだ、「禁じられているから飲むんだ、ここで禁じられていることならなんでもやるつもりだ」

「もうおよしなさいまし」お杉は瓠を取ろうとした、「酔ってそんなことを云う方は嫌いです」

瓠を取ろうとしたお杉の手を、登のほうで乱暴につかんだ。ひんやりと温かく、なめらかな手だった。お杉は避けようとはせず、摑《つか》まれたままじっとしていた。星の明るい夜で、かなり暖かく、薬園のほうから沈丁花《じんちょうげ》が匂って来た。

「おれを嫌いか」と登がささやいた。

お杉はおちついた声で云った、「酔ってそんなことを仰しゃるあなたは嫌いです」

登は少し黙っていて、それからお杉の手を放した。

「じゃあ帰れ」

「その瓢をあたしに下さい」とお杉が云った、「明日までお預かりしますわ」

「放っとけ」と登は一と口飲んでから云った、「あの気違い娘の世話だけで充分だろう、おれのことなんかに構うな」

お杉は彼の手から瓢を取りあげた。力のこもったすばやい動作で、登はよけることができなかった。お杉は腰掛から立ち、これは明日お返しするからと云って、住居のほうへ去っていった。登は黙ったまま、去っていくお杉の草履の音を聞いていた。

五

そのことがあってから、登はさらにお杉と親しくするようになった。

彼は決して見習医にはならないつもりだった。見ているだけでも、ここの生活はうす汚なく、活気がなく、そして退屈だった。俗に施薬院《せやくいん》といわれるこの養生所の支配は「肝煎《きもいり》」といい、小川氏の世襲であって、幕府から与力が付けられていた。小川氏はべつに屋敷があるが、表の建物にその詰所《つめしょ》があり、そこで与力と共に会計その他の事務をとっていた。そのころ、番医の定員は五人で、これらの詰所は病棟のほうに属し、表の建物とは渡り廊下でつながっていた。番医のうち、新出去定が医長、その下に吉岡意哲《いてつ》、井田五庵《ごあん》、井田玄丹《げんたん》、橋本玄録《げんろく》らがおり、本道、外科、婦人科を分担していた。井田は父と子で、下谷《したや》御《お》徒町《かちまち》で町医をやっているし、ほかに嘱託で通勤する町医が三人から五人くらいあった。――見習医は二人、これと新出医長だけが定詰《じょうづめ》で、入所している患者の治療は、殆んどこの三人に任されたようなかたちだったし、かよって来る患者に対しても、他の医員たちは熱意がなく、治療のやりかたも形式的な、投げやりなものが多いようであった。

病棟は北と南の二た棟あり、病室は各棟に十帖が三、八帖が二、重症用の六帖が二た部屋ずつ付いていた。そのとき入所していた患者は三十余人、老人や女が多く、外傷で担《かつ》ぎこまれたり、行倒れで収容された者などもいた。――津川玄三が云ったとおり、病室もすべて板張りに薄縁で、その上に夜具を敷くのであるが、薄縁は五日め、夜具は七日めごとに取替えて、日光と風に当てるきまりだった。また、患者たちは老《ろう》若男女《にゃくなんにょ》のべつなく、白い筒袖の木綿の着物を与えられるが、それは付紐で結ぶようになっていて、女でも帯をしめるとか、色のある物を身につけることは許されなかった。

――いくら施薬院だからって、畳の上に寝かせるぐらいのことはしてくれてもよかりそうなもんだ。

　患者たちはそう云いあっていた。

　――自分が持っているんだから、女にだけでも色のある物を着させてくれればいい、これではまるでお仕置人みたようじゃないの。

　そんな不平も絶えなかった。

　こういう不平や不満は、すべて新出去定に向けられていた。これらは去定の独断できめられたものであるし、また治療に当っても、去定のやりかたは手荒く、言葉も乱暴なため、患者たちはびりびりしていたし、反感をもつ者も少なくないようにみえた。そのうえ去定はよく外出をする。大名諸侯や富豪の家から招かれるほかに、自分の患家を持っていて、その治療にもまわるらしい。そういうときには二人の見習医員が留守を任されるのだが、番医や嘱託医のいるうちはいいけれども、かれらは通勤だから、夜などに急を要する病人があったりすると、見習医では手に負えないようなことも稀《まれ》ではなかった。

　津川玄三が去ってからまもないころ、登は森半太夫に呼ばれて、入所患者の手当をしたことが三度ばかりあった。呼ばれたので病室までは森といっしょにいったが、登は見ているだけでなにもしなかった。半太夫もしいて手伝えとは云わなかったが、三度めのときだったろう、手当をすませて病室を出ると、登を廊下でひきとめて、どういうつもりかと、呼吸を荒くして問いかけた。

「どういうつもりなんです」と半太夫は登を睨《にら》みつけた、「いつまでそんなことを続けているつもりなんですか」

「そんなこととはなんです」

「そのつまらない反抗ですよ」と半太夫が云った、「人の気をひくような、そんな愚かしい反抗をいつまで続けるんです、そのために誰かが同情したり、新出先生があやまったりするとでも思うんですか」

登は怒りのために声が出なかった。

「よく考えてごらんなさい」と半太夫はひそめた声で云った、「損をするのは誰でもない、保本さん自身ですよ」

登は半太夫を殴りたかった。

森半太夫が去定に心酔していることは、登にも早くから見当がついていた。彼は相模在の豪農の二男だと、津川から聞いたことがある。おそらく、田舎者にとっては幕府経営の施療所や、その医長である新出去定などが、輝かしく、崇敬すべきものにみえるのであろう。ばかなはなしだ、と登は思って、半太夫とは殆んど口もきかずにいた。それが思いがけないときに、いきなり辛辣《しんらつ》な皮肉をあびせられたので、殴りつけるのをがまんするのが登には精いっぱいであった。

彼はそのときのことはお杉にも話さなかった。半太夫には田舎者らしい律儀さがあって、所内の者や患者たちにも好かれているようだし、お杉もときどき褒《ほ》めるようなことを云った。——賄所《まかないじょ》と呼ばれる炊事場に、お雪という娘がいて、あれが半太夫の恋人だと、津川に教えられたことがあったが、お杉の話によると、お雪のほうが片《かた》想《おも》いで、半太夫はお雪を避けているということであった。

「あんなに夢中になれるものかしら」と或《あ》る夜、いつもの腰掛でお杉が云った、「見ていても可哀そうなくらいですわ、森さんのお堅いのは立派だけれど、お雪さんのことを考えると憎らしくなってしまいます」

「半太夫の話なんかよせ」と登は遮った、「それよりもおゆみさんのことを聞こう、おまえずっと付いていたんじゃないのか」

お杉の声に警戒の調子があらわれた、「どうしてそんなことをお訊きになるんですか」

「医者だからさ」と彼は云った、「私は森なんぞと違って蘭方を本式にやって来たんだ、赤髯だって知らない診断や治療法を知っているんだぜ」

「ではどうしてそれを、実際にお使いにならないんですか」
「こんな掃き溜のようなところでか」と彼は片手を振った、「私はこんな施薬院の見習医などにはならない、こんなところの医員になるつもりで修業したわけじゃないんだ」
「あなたはまた酔っていらっしゃるのね」
「話をそらすな」と彼は云った、「見習医なんかまっぴらだし、誰でもまにあう病気なんかに興味はない、けれども珍らしい病人がいれば、医者としてやっぱり手がけてみたくなる、ここではおゆみさんがその一例だ」
「あたし信じませんわ」
「信じないって、――なにを信じないんだ」
「みなさんの気持です」とお杉が云った、「お嬢さんの話になると、きまっていやらしいみだらな眼つきをなさるのよ、津川さんなんかいちばんひどかったけれど、去定先生のほかには一人だってまじめな方はいやあしませんわ」

六

登は暗がりの中でお杉を見た。

「そういうことは知らなかった」と彼は云った、「――津川はなにをしたんだ」

「そんなこと云えませんわ」

「いいか、お杉さん」と彼は改まった調子で云った、「私は医者だし、新らしい医術をまなんで来た人間だ、詳しい症状がわかれば、赤髯とはべつな治療法があるかもしれない、話してみるだけでも、むだじゃあないと思わないか」

お杉も彼を見返した、「まじめにそう仰しゃるのね」

「私のことはよく知っている筈だ」

「酔ってさえいらっしゃらなければね」とお杉は云った、「ようございます、この次のときにすっかりお話し申しますわ」

「どうしていま話さないんだ」

登はお杉の手をつかもうとした。お杉はその手を避けて立ちあがり、くすっと忍び笑いをしながら云った。

「そういうことをなさるからよ」

「それとこれとはべつだ」

登はすばやく立ってお杉を抱いた。お杉はじっとしていた。登は片手をお杉の背、片手を肩にまわして抱き緊《し》めた。

「おれが好きなんだろう」

「あなたは」とお杉が訊き返した。

「好きさ」と云いざま、登は自分の唇でつよくお杉の唇をふさいだ、「好きだよ」

お杉の軀から力がぬけ、柔らかく重たくなるのが感じられた。登は腰掛のほうへ引き戻そうとした。すると、お杉は彼の腕からすりぬけ、忍び笑いをしながらうしろへとびのいた。

「いや、そんなことをなさるあなたは嫌いよ」とお杉が云った、「おやすみなさい」

「勝手にしろ」と彼は云った。

それから五六日お杉に逢わなかった。

もう三月中旬になっていただろう、所内にある桜はどれも咲きさかり、栽園のほうでも薬用の木や草本が、おそいのもすっかり芽を伸ばしていたし、早いものは花を咲かせており、風がわたると、それらの花の強い匂いで、空気が重く感じられるようであった。——午《ひる》めしのあとで、登が薬園のほうへ歩いていくと、洗濯の戻りのお杉に会った。少しはなれて歩きながら、どうして晩に来ないのかと訊くと、風邪をひいたのだと、お杉は答えた。もうよくなったから、今夜はゆくつもりだったと云ったが、そう云いながらも軽い咳《せき》をするし、すっかり声を嗄《か》らしていた。

「まだ咳が出るじゃないか」と彼が云った、「大事にするほうがいい、今夜でなくったっていいんだよ」

お杉は微笑しながらなにか云った。

「よく聞えない」と彼は少し近よった、「どうしたって」

「今夜うかがいます」とお杉が答えた。

「むりをするな、薬はのんでいるのか」

「ええ、去定先生からいただいています」

「むりをしないほうがいい」と彼は云った、「私が喉《のど》の楽になる薬をつくってやろう」

お杉は微笑しながらうなずいた。

その日、食堂《じきどう》で夕めしを喰べていると、登に客だと玄関から知らせて来た。去定は外出してまだ帰らず、森半太夫は知らん顔をしていた。食事ちゅうに立つことは禁じられているので、登はどんな客だと問い返した。すると、客はまだ若い娘で、名は天野まさをだという返辞だった。

——天野、まさを。

登はその名にはっきりした記憶がなかった。けれどもすぐに見当がついた。ちぐさに妹が一人あった、まだほんの少女で、顔も殆んど覚えていないが、姓が天野であり、ここへ自分を訪ねて来たとすると、その妹にちがいないと思った。

——たぶんあの少女だろう。

だがなんのために来たのか、と登は訝《いぶか》った。自分の意志で来たのか、それとも誰かのさしがねか、まるで推察することもできなかったし、うっかり会ってはいけないという気がした。

「部屋にいないと云ってくれ」と登は取次の者に云った、「私は会わないから、伝言があったら聞いておいてくれ」

食事が終ったとき、取次の者が来た。ぜひ会いたいから待っていると云ったが、いま帰っていった。伝言はなく、また来ると云った、ということであった。この問答を、向うで森半太夫が聞いていた。茶を啜《すす》りながら、半太夫がさりげなく聞いていることを登は認め、乱暴に立ちあがって食堂を出た。

登は園夫の吉太郎に酒を買わせた。痩《や》せてひょろ長い軀の、気の弱い、その吃《ども》りの若者は、買いにいくのを渋った。——こうたびたびでは、いまにみつかって叱《しか》られる、と云《い》いたかったらしい。だがひどい吃りで、なかなか思うように口がきけないし、登がどなりつけると、閉口して、頭を掻きながら出ていった。

「妹娘などをよこして、こんどはなにを企《たくら》もうというんだ」と彼は独りでつぶやいた、「やってみろ、こんどはそううまく騙《だま》されはしないぞ」

酒が来ると、登はそれを冷《ひや》で飲み、かなり酔ってから、残りを徳利《とくり》のまま持って出た。

気温の高い夜で曇っているのだろう、空には月もなく、星も見えなかった。空気は土の匂いと花の薫《かお》りとで、かすかにあまく、重たく湿っており、それがときをきって強く匂うように感じられた。暗いのと、酔っていたからだろう、彼は腰掛の前を知らずにとおりすぎて、うしろからお杉に呼びとめられた。

「来ていたのか」と云いながら、彼はそっちへ戻った。

「お嬢さんが寝ましたから」とお杉がようやく聞きとれるほどのしゃがれ声で云った、「——どうなさいました」

「つまずいたんだ」彼はちょっとよろめいて、どしんと腰掛に掛けた、「ここへ来いよ」

お杉ははなれて腰を掛け、なにか云った。

「聞えない」と彼は首を振った、「その声じゃあ聞えやしない、もっとこっちへ来いよ」

お杉は少しすり寄った。

「さあこれ」と彼は袂《たもと》から薬袋を出してお杉に渡した、「煎《せん》じてのむんだ、煎じ方は書いてある、これで喉は楽になる筈だ」

お杉は礼を述べてから云った、「お酒を持っていらしったんですか」

「ほんの一と口さ、飲み残りだ」

「あたしも持って来ました」

「なんだって」彼はお杉のほうへ耳をよせた。

「あなたの瓠《ふくべ》」とお杉は云って、持っている瓠を見せた、「いつか預かったまま忘れていた瓠よ、お嬢さんのあがるおいしいお酒があるので、少し分けて持って来たんです」

「ああ、えびづる草の実で醸《かも》した酒だろう」

「ご存じなんですか」

「赤髯が薬用につくらせてるやつだ、いつか五平の小屋で味をみたことがあるよ」と云って彼は瓠を受取った、「しかしおまえが酒を持って来てくれるなんて、珍らしいじゃないか」

七

登は瓢の口からその酒を飲んだ。それはこっくりと濃くて、ほのかに甘く、そして薬の匂いがした。まだ津川がいたときに、五平のところへいって味わったことがある。湯呑《ゆのみ》に一杯だけであったが、あまりに濃厚な味で、それ以上は飲めなかった。いまは酔っているのと、酒とは変った舌ざわりのためだろう、このまえよりも美味《うま》く感じられて、お杉の話を聞きながら、知らぬまにかなり飲んだ。

彼女はおゆみの話をしたのだ。

「本当のことをいうと、去定先生のみたても違うと思うんです、お嬢さんは気違いなんかではありません、それはあたしがよく知っています」とお杉は云った、「あなたはまじめに聞いて下さるんでしょうね」

「正直に、すっかり話すならね」と彼は云った、「だが今夜でなくってもいいぜ」

「酔っていらっしゃるからね」

「その声では辛《つら》かろうというんだ」

「あたしは平気です、却《かえ》ってこのほうが他人の声のようで話しいいくらいよ」と云ってお杉はまた念を押した、「本当にまじめに聞いて下さいましね」

登は片手を伸ばしてお杉の手を握った。お杉は手を預けたままで話した。

お杉が奉公にあがったとき、おゆみは二つ年上の十五歳であった。三人の姉妹の長女で、二女が十二、三女が七つ。おゆみだけ母が違っていた。おゆみの母は死んだのではなく、なにかの事情で離別されたか、自分で家出をしたかしたらしい。詳しいことは誰に訊《き》いてもわからなかったが、母が違うということは、おゆみは幼ないときから勘づいていて、けれどもかくべつ気にもとめなかった。

おゆみは妹たちより際立って美しく、勝ち気でお俠《きゃん》なところはあったが、思いやりのふかい性分で、みんなに好かれた。継母にも、二人の妹にも、親類や近所の人たちから、雇人のあいだでも好かれたし、頼りにされた。かれらが頼りにしたのは、おゆみが跡取りの娘だからであろう。彼女は十四の年、つまりお杉が奉公にあがるまえの年に、婿《むこ》の縁談もきまっていた。

こうして表面は無事に、平凡ながら仕合せに育ったが、おゆみ自身は早くから、人に云えない災難を経験していた。それはすべて情事に関するものであり、いちばん初めは九つのときのことだったという。

「あなたがお医者さまだから云えるんです」とお杉はしゃがれた声でささやいた、

「そうでなければとてもこんなこと話せやあしません、そこをわかって下さいましね」

「わかってる」彼は頭がちょっとふらふらするのを感じた、「それに、子供どうしの悪戯《わるさ》なんて珍らしいことじゃないよ」

　お嬢さんの場合は違うのだとお杉は云った。

　おゆみは九つのとき、三十幾つかになる手代に悪戯をされ、もしこのことを人に云ったら殺してしまう、と威《おど》された。自分のからだの感じた異様な感覚も、幼ないながら罪なことのように思われたし、人に云うと「殺してしまう」という言葉が、おゆみをかなしばりにした。その手代は半年ばかりして店を出されたが、出されるまで幾たびも同じようなことをし、そのたびに同じ威しの言葉をささやいた。それがおゆみの頭に深い傷のように残ったらしい、——手代が出されてから二年ほどたって、隣りの家の二十四五の若者に、手代とは変った仕方で悪戯をされた。隣りも大きな商家（何商ともお杉は云わなかった）で、土蔵が三戸前もあった。若者はそこの妻女の叔父だといい、事情があってその家の厄介になっていた。その家にはおゆみと同じ年の娘があり、よく遊びに往《い》ったり来たりしていたのだが、或るとき、その家で隠れんぼをしていて、おゆみが土蔵の中へ隠れた。そこはふだん使わない物をしまっておくところで、古びた箪笥《たんす》や長持や、葛籠《つづら》などが、並べたり積まれたりしてあり、まん中に畳が四帖敷いてあった。——おゆみがそこの、葛籠と長持の隙間《すきま》に隠れるとまもなく、金網を張った雪洞《ぼんぼり》を持って、その若者がはいって来た。おゆみは鬼かと思ったが、そうではなかったので安心し、そっと声をかけた。若者はとびあがるほど吃驚《びっくり》した。

——あたしよ、とおゆみはささやいた。いま隠れんぼをしているの、鬼が来ても黙っててね。

若者は承知した。彼は古い箪笥からなにかを出し、畳の上へ寝ころび、雪洞をひきよせて、なにかの本を読みはじめた。鬼はいちど覗《のぞ》きに来たが、すぐに去ってしまい、やがて若者がおゆみを呼んだ。

——もう鬼は来ない、面白いものを見せてやるからおいで。

おゆみはそっちへいった。若者はおゆみをそばに坐《すわ》らせ、ひらいていた本をおゆみに見せた。それは絵のところであったが、どういう意味の絵であるのか、おゆみにはわけがわからなかった。こんなものがわからないのか、と若者が云った。よく見てごらん、もっとこっちへよるんだ。若者がさりげなくおゆみをひきよせた。おゆみはその絵に注意を奪われていて、若者のすることには気がつかなかった。そうしてやがて、いつか手代にされたのと似たようなことをされているのだ、と感じたおゆみは、おどろきよりも恐怖のために息が止まりそうになった。

——人に云うと殺してしまうぞ。

そういう声がはっきり聞えたのである。手代の声のようでもあり、若者の声のようでもあった。土蔵の網の引戸は閉まっており、おゆみはその引戸に張ってある金網を見ていた。引戸のその金網は、おゆみをそこに閉じこめ、おゆみの逃げ道をふさぐようにおもえた。そうして、その金網の目がぼうとかすんで、手足がちぢむように感じたとき、おゆみは殆《ほと》んど夢中で云った。

——あたしを殺すの。

若者は笑った。それは殺すと云われるよりも、はるかに怖《おそ》ろしく、忘れることのできない酷薄な笑いであった。明日もおいで、と若者は云った。おゆみは云われたとおりにした。さもなければ殺される、と思ったからだ。

若者がいなくなったあと、婿の縁談があるまでに、三人の男からそういう悪戯をされた。そのたびにおゆみは、金網の目がぼうとかすむのを感じ、殺してしまうという声を聞くように思った。縹緻《きりょう》よしでお俠で、思いやりがふかく、誰にも可愛《かわい》がられ大事にされていながら、その裏側ではそういうおそろしい経験をしていたのである。

「それから婿のことが起こったんです」とお杉は続けた。

「内祝言《ないしゅうげん》の盃《さかずき》を交わし、来年は婿入りをするときまっていたのに、相手はその約束を反古《ほご》にして、よそへ婿にいってしまった、初めはわけがわからなかったけれど、まもなく噂《うわさ》が耳にはいりました」

破談の理由はおゆみの生母にあった。

母親は際立った美貌《びぼう》と、芸事の達者なのとで評判だったというが、おゆみを産んだ翌年、男が出来て出奔し、箱根で男に殺された。心中するつもりで、男だけ死におくれたともいうし、その男と夫婦になる筈《はず》だったのを、おゆみの父と結婚したから、その怨《うら》みで殺されたのだという話もあった。——どちらが事実であるかは問題ではない、おゆみの心をとらえたのは、男と女のひめごとが罪であるということ、それには必ず死が伴うということであった。

「殺される、殺される」とお杉は云った、「いつもそのことが頭にありました、女はいつか男とそうならなくてはならない、けれども自分がそうなったときには殺されてしまう、母が殺されたように、自分もきっと殺されるだろう、いつもその考えがつきまとっていました」

登は一種のぞっとする感じにおそわれた。お杉の声が変っていたのである。少しまえから耳についていて、そのときはっきり気づいたのだが、その声はもうしゃがれていないし、話す調子もいつものお杉のようではなかった。

「これでおわかりでしょう」とお杉ではない声が云った、「男にそういうことをされかかると、ああ自分は殺されると思う、自分が悪いのではない、自分はこんなことは望まないのに、それでもこういうことをされ、そうして、そのあときっと殺されるのだ」

登は頭がくらくらとなった。

――おゆみだ。

と思ったのである。彼は握っていた女の手を放そうとしたが、手は動かなかった。女はすりよって来て、片手を彼の首へ巻きつけた。登は叫んだ。しかし声は出なかったし、舌が動かなかった。

――お杉ではない、これはおゆみだ。

彼は髪の逆立つような恐怖におそわれた。女は登を押えつけた。片手で首を抱き、ぴったりと胸を合わせ、口では話を続けながら、しだいに彼を仰向きに寝かせ、その上へやわらかにのしかかった。

「初めて店の者が寝間へ忍んで来たとき」と彼女は続けていた、「あたしは同じことを考えたのです、いよいよ自分は殺されるだろう、こんどこそ殺されるだろうって、――それで、あたしは釵《かんざし》を取りました、ごらんなさい、この釵です」

彼女は片方の手を見せた。その手に平打《ひらうち》の釵が光るのを登は見た。逆手《さかて》に持ったその釵は銀であろうか、先のするどく尖《とが》った二本の足は、暗がりの中で鈍く光ってみえた。

「あたしは黙って待っていました」と彼女はささやいた。秘めた悦楽に酔ってでもいるような、熱い呼吸とひそめた声が、登の顔の寸前に近よった、「店の者ははいって来て、あたしの脇《わき》へ横になり、手を伸ばしてあたしをこう抱いたのです」彼女はその動作をしながら続けた、「こんなふうに、——あたしが釵でどうしたかわかりますか、自分が殺されるくらいなら相手も殺してやろうと思ったんです、悪いのはあたしだけではない、あたしはそんなことは望まなかったのだ、もしもそれが罪なことなら、男だって死ななければならない、——そう思ったんです」

登は女の顔に痙攣《けいれん》が起こり、表情が歪《ゆが》んで、唇のあいだから歯のあらわれるのを見た。彼は女のからだを押しのけようとした、けれども全身が脱力し、痺《しび》れたようになっていて、指を動かすことさえできないのを感じた。

——夢だ。これは夢だ。

悪夢にうなされているのだ、と登は思った。女は逆手に持った釵を、静かに、彼の左の耳のうしろへ押し当てた。

「あたしこうしたのよ」と女は云った、「店の者はなにも知らずに、もっと手を伸ばしてきたわ、あたしが自由になるものと思ったのね、うわ言のようなことを云いながら、手に力をいれはじめたわ、こんなふうに」

彼女は店の者を殺したことを、そのままやってみせようとしているのだ。登は眼がくらんだ。彼女の声が耳いっぱいに聞えた。彼女は勝ち誇ったように叫んだ。

「そのときあたし、この釵をぐっとやったの、ちょうどここのところよ、ここを力まかせにぐっと、力まかせに――」

登は軀《からだ》のどこかに激しい衝撃を感じ、女の悲鳴を聞き、そして気を失った。

八

登は眼の前に坐っている赤鬚を見た。その脇に森半太夫がおり、赤鬚が半太夫に話しているのが聞えた。

――まだ夢を見ているのか。彼はそう思った。すぐ眼の前にいる二人の姿が、ひどく遠いように思えるし、その話し声も、壁を隔てて聞えるような響きのない、非現実的な感じなのである。たしかに夢だ、そう思って眼をつむり、もういちど、用心ぶかく眼をあいてみると、森半太夫の姿はなく、新出去定が一人で坐っていた。

「眠れ眠れ」と去定が云った、「もう一日も寝ていればよくなる、なにも考えずに眠っていろ」

登は口をきこうとした。

「なんでもない」と去定は首を振った、「おまえは薬酒をのまされたのだ、あの酒にはおれのくふうした薬が調合してある、あの娘の発作をしずめるための、ごく特殊な薬だ、あの娘はお杉からおまえの話を聞いていて、いつかこうしてやろうと機会を覘《うかが》っていたのだ、おまえは酒に酔っていた、ばかなやつだ、酔っていなければ人が違っていることぐらい、すぐにわかった筈だぞ」

登は首を振った。酔ってはいたが、それだけではない、暗がりでもあったし、あのしゃがれ声に騙されたのだ。そう云おうとしたが、首を振るだけがようやくのことで、声も出ず、舌も動かなかった。

「おれの帰りがもう少しおそかったら、おまえは死んでいたところだぞ」と赤髯は云った、「お杉も家の中で眠りこんでいた、同じ薬酒をのまされたのだ、おれはそれを見てすぐに腰掛へいった、あの娘はいま頭を晒木綿《さらし》で巻いているが、そうするよりほかになかった、まるでけもののように狂いたっていたからだ、この手を見ろ」

赤髯は左手を捲《まく》って見せた。手首から腕へ、晒木綿が巻いてあった。

「あの娘はここへ五カ所も嚙《か》みついたのだ」と去定は云って袖《そで》をおろした、「――このことは誰も知らない、半太夫も知ってはいない、だから他人に恥じるには及ばないが、懲《こ》りることは懲りろ、わかったか」

登は自分の眼から涙がこぼれ落ちるのを感じた。

去定はふところ紙を出した。涙を拭《ふ》いてくれるのかと思ったが、そうではなく、口のまわりを拭いてくれた。涎《よだれ》を出していたのかと思い、登は恥ずかしさのため固く眼をつむった。

「ばかなやつだ」と去定は云った、「いいから眠れ、よくなったら話すことがある」

去定は立って出ていった。その足音を耳で追いながら、登は心の中でつぶやいた。

――赤髯か、わるくはないな。

五瓣の椿　第六話

野村芳太郎監督が『五瓣の椿』として映画化

一

おしのは、窓際《まどぎわ》に倚《よ》って、川の対岸の火事を見ていた。

その家は東両国の橋詰で、相生町《あいおいちょう》の河岸《かし》にあり、裏は隅田川に面していた。それは「丸梅」の源次郎が指定した家で、おもてむきは踊りと長唄《ながうた》の稽古所《けいこじょ》となっている。その看板が二枚掲げてあるし、三十四、五になるきれいな女主人と二十二、三のあだっぽい女がい、ほかに女中が二人と下働きが幾人かいるらしい。女主人はおたき、若いほうはおきぬといって、藤野なにがしとかいう三千石《ごく》ばかりの旗本の、囲い者だということであった。——男は二人の女をただ囲っているわけではなく、稽古所の看板にかくれて、ひそかに男女の出会いにも貸すし、侍や裕福な町人に売女《ばいた》の世話もする。もちろん紹介者のない客は取らないし、その代価も高いので、かなりな稼ぎになるのだが、藤野なにがしは月に二度ずつ来て、二人の女を巧みにあやなし、儲《もう》けた物をきれいに持っていってしまう。

——岡場所の亭主などよりわる賢い男だ。

その話をしたとき、源次郎は、そう云《い》って軽蔑《けいべつ》したように顔をしかめてみせたものだ。

藤野は旗本というだけでなく、なにか町方役人に顔がきいているらしく、岡っ引などもその家へは近よらない。そう聞いたので、おしのはここを選んだのであった。佐吉の話によると与力青木千之助の追及は意外にきびしく、その手と眼はきみの悪いほど的確に、自分の足跡をぴたっぴたっと押してくる。墓を掘って骨をしらべた、と聞いたときおしのは、青木千之助がうしろから自分の肩に手を掛けるような、現実的な恐怖を感じたくらいであった。

——あと一人で終る。

あとの一人こそ、自分にとってはもっとも逭《のが》すことのできない人間だ。この一人を始末するまでは、絶対に捉《つか》まってはならない。こういう理由から、おしのは初めて、相手のきめたこの家へ来たのだ。

「よく燃えるわね」と階下で女たちが云いあっているのが聞えた、「小笠原《おがさわら》さまの屋敷でしょ、あれ」

はあの右よ」

「太田摂津《せっつ》さまよ」と他の女が云った、「火の見が右にあるじゃないの、小笠原さま

「向う河岸の火事っていうけれど、燃えてるのが人の家だから、花火よりきれいだし面白いわね」

「誰だいそんなことを云うのは」と女主人らしい声が云った、「人さまの不幸を面白がる者があるかね、ばかなことを云うと承知しないよ」

おしのも火事を見まもっていた。

両国広小路《ひろこうじ》から川下のほうへ、七、八町も寄っているだろうか、階下の人たちの云うとおり、町家ではなく武家屋敷とみえ、棟《むね》が高いので火も高く大きくみえる。川波の上を伝って、すりばんといわれる半鐘《はんしょう》の音や、火消しの者や逃げだす人、また火事を見物に駆けつける人たちの声までが、かなりはっきりと聞えて来た。

「正月六日の夜なかだったわね」とおしのは呟《つぶや》いた、「亀戸《かめいど》の寮の裏、——生垣《いけがき》のところから、燃えあがる火を見ていたわ」

あれから約一年、ずいぶんいろいろなことがあった、とおしのは思った。

一年のあいだに、世間の人の五年にも十年にも当るような経験をした。いやな経験

だった。耳を洗い、眼を洗い、手を、軀《からだ》じゅうを、ごしごし洗いたいような気持になる。それは自分の選んだ五人の男たちが、特に卑《いや》しくおぞましく、ゆるすことのできない人間だったからでもあろう、――佐吉から聞いた母の相手は、八人以上を数えたが、どうしても「ゆるせない」と思ったのはその五人であった。そして、実際にその一人ひとりに接してみ、かれら自身と、その身辺に起こっていた事情を、つぶさに見聞して来て考えることは、この世にはなんとけがらわしく、泥まみれな生活が多いことか、という厭悪《えんお》のおもいであった。

「本当になんという人たち、なんという生活だろう」おしのは眉《まゆ》をひそめた、「――あんなふうに生きていて、少しも恥じたり、後悔したりするようなことはなかったのかしら」

当人たちはべつだ、かれら自身はもう死んでいるから。しかしかれらも生きているとしたら、同じような悪事や、卑劣な生活を続けたことだろう、とおしのは思った。――岸沢蝶太夫。海野得石とその妻、彼が経営していた「海石」という料理茶屋のおかね。香屋清一とそれを取り巻く女たち。

悪い人間が一人いると、その「悪」はつぎつぎにひろがって人を毒す。いちど悪に毒された者は、容易なことではその毒から遁れ出ることができない。

――丸梅の女中だったおつると二人の幼ない子たち。

おつるは故郷へ帰るだろう。けれども自分の犯したあやまちや、「丸梅」に騙《だま》されたという口惜《くや》しさや、二人の子たちに対する責任の重さに、はたして耐えてゆくことができるだろうか。

豊島屋のあくどい日済《ひな》し貸しで苦しんでいた人たち。あの人たちも豊島屋の手からは遁《のが》れた筈《はず》であるが、すぐまたべつの日済し貸しから銭を借りるだろう。そしてその、僅《わず》かな借銭に付く高利のために、同じような苦しいめにあうにちがいない。

「あたしも十二、三までは仕合せに育った」とおしのは呟いた、「店は繁昌《はんじょう》しているし、お父《とっ》つぁんはもとより、みんなから大事にされ、可愛《かわい》がられて、なんの不自由も苦労もなく育った、――けれども、それはあたしがなにも知らなかったからだ、あたしがきれいに着飾って、おっ母《か》さんといい気持に芝居や寄席《よせ》へゆき、春、秋の遊山《ゆさん》をたのしんでいたとき、お父つぁんは独りで、誰にうちあけようもない辛《つら》いおもいに苦しんでいた、財産もあり、しょうばいは繁昌し、人に羨《うらや》まれるようなむさし屋の主人が、本当はどんな貧乏な人より貧しく、どんな不仕合せな人よりも不仕合せだった」

世間はこんなものなのだろうか、とおしのは思った。

幸福でたのしそうで、いかにも満ち足りたようにみえていても、裏へまわると不幸で、貧しくて、泣くにも泣けないようなおもいをしている。世間とは、本当はそういうものなのかもしれない。――そうだとすれば、おっ母さんのような人はいっそう赦《ゆる》すことができない。心では救いを求めて泣き叫びたいようなおもいをしながら、それを隠してまじめに世渡りをしている人たち。そういう人たちの汗や涙の上で、自分だけの欲やたのしみに溺《おぼ》れているということは、人殺しをするよりもはるかに赦しがたい悪事だ。

「ああ」とおしのは呻《うめ》いた。

二

女中が茶を替えに来たとき、おしのは窓框《まどがまち》に肱《ひじ》を掛け、その上に顔を伏せたまま、眠ったような恰好《かっこう》をしていた。

「まあ、どうなさいました」と女中が坐《すわ》りながら声をかけた、「障子をあけたままで、うたた寝などをなすっていると、お風邪をひいてしまいますよ」

「火事を見ていたのよ」と云っておしのは顔をあげた、「そうしたらなんだか気持が悪くなってしまって」

「まったく怖うござんすからね」女中は茶を淹《い》れ替えながら云った、「でももう消えましたでしょう、お武家屋敷でようございました、なんて申しては悪うございましょうけれど、こんな年の瀬になって町家が焼けでもしたら、それこそみじめでございますからね」

「そうね」おしのはぼんやりと云った、「お武家なら御領地もあるし、——」

女中はむろん聞いてもいない、茶をすすめてから、「お伴《つ》れさまはおそうござんすのね」と云った。おしのはやはりぼんやりした口ぶりで、あの火事で道を塞《ふさ》がれたのではないか、と答えた。

「そんなことかもしれませんね」女中は炬燵《こたつ》の火をみてから、立ちあがりながらおしのの横顔を見た、「——そろそろお支度を致しましょうか」

おしのはそうして下さいと答えた。

火事は消えていた。飛び火はせず、その武家屋敷だけで済んだらしい。焼け落ちた建物のかがりが、ぼっと赤く、余煙を染めているだけで、やかましかった物音や人声も、もうこっちまでは聞えて来なかった。すると、にわかに寒さがしみるように感じ、おしのは障子を閉めて、炬燵のほうへ戻った。

女中が酒の支度をして来た。火鉢に燗鍋《かんなべ》、徳利《とくり》に角樽《つのだる》、それから盃《さかずき》だけのせた膳《ぜん》。それらを運んでいるうちに源次郎が来た。云い訳をせきこんで云いながら、額の汗を拭《ふ》き、古渡《こわた》り更紗《さらさ》の手提げ袋をあけて、桐《きり》の小箱を出しておしのの前に置いた。

「これが出来るのを待っていたんでね」と彼は炬燵へははいらずに、火鉢の側《そば》へ坐《すわ》って云った、「気にいるかどうか、あけて見てごらん」

「あとで――」と振り向いて、おしのは女中に云った、「お膳を持って来て下さいな」

「怒ってるのかい」と源次郎が訊《き》いた。

「いろいろ考えて、考えくたびれたところなんです」

「私たちのことをかい」

「いろいろなこと」と云って、おしのはこわいような横眼で彼を見た、「たとえば、――あなたがよろず町のお家《うち》へ帰って、おかみさんやお子たちとどんなふうにたのしく話したり笑ったりなさるか」

「ちょっと」源次郎は片手をあげた、「冗談じゃない、いまじぶんになってそんな」

「いま初めてじゃありません、あなたと逢《あ》うようになってから別れたあとはいつでもそのことが胸に閊《つか》えて、独りで寝ながらどんなに苦しかったかしれやしません」

「だってそれは、そんなことはよく承知の上の筈じゃないか」

「もちろん承知の上よ、だからこれまで一度だってこんなこと云ったためしはないでしょ、いまだってあなたを責めているわけじゃありません、悪いのはあたしですもの、ただこのごろ、ふっとすると淋《さび》しくなって、自分が可哀《かわい》そうに思えてしかたがないんです」

「女中が来るよ」と彼が囁《ささや》いた。

女中がはいって来、炬燵蒲団《ぶとん》の上へ平の膳を置いた。二人前の汁や鉢や皿の物が並べてあり、源次郎が「あとはいいよ」と云った。女中が去ると、彼は手まめに角樽の酒を片口へ移したり、それを徳利に入れて、燗鍋の中へ立てたりしながら、おしのの気を変えようとしてやっきになった。

「私こそおよねさんに怨《うら》みが云いたいよ」と彼は燗鍋の下の炭火をあらけながら、調子を変えて云った、「これだけ長いあいだ逢っていながら、いつもうまく躰《たい》を躱《かわ》されておあずけばかりだ、このあいだの伊賀正のときだってそうだろう」

「あたしの罪じゃありませんわ」

「まさか置いてきぼりとは知らないから、いい気になって飲みながら待っていた、女中の手前だって恥ずかしい、すっかり汗をかいちまったよ」

「あれはあたしの罪じゃなくってよ」とおしのは云った、「出ていってみたらおつるさんていう人、小さな子を二人伴れてしょんぼり立ってるじゃないの、広い土間の隅のところで、片手で五つになる子を抱きよせ、背中の子を肩で揺《ゆす》りながら、頼りなげに立っているのを見たら、どうしてもそのままではおけなかったのよ」
「そのままではおけなかったって」
おしのは頷《うなず》いた、「あたしおつるさんの話を聞いたわ」
「そんな、ばかなことを」
「ばかなことなもんですか、あたしにはいい薬でしたよ」とおしのは云った、「あの人の話を聞いて、あたし初めて自分のゆく末のことを考えました、おつるさんもあなたに妻子のあることを知っていて、そうなった、だから自分が仕合せになるだろう、などと考えるのは間違っています、男は口ではどんな約束もするでしょう、けれどもその約束は信じてはいけない、妻子のある男がほかの女にゆく末のことを約束して、もしもその約束を守ったとしたら、もとの妻や子たちを不仕合せにするでしょう、ひとを不仕合せにして自分が仕合せになろう、などと考えるのは、間違っているばかりではなく人でなしと云ってもいいと思います」
「ちょっと、ちょっと待ってくれ」と源次郎は徳利を出しながら云った、「寺子屋で孝経《こうきょう》の話でもするような、そんなやぼなことを云うのはよそうじゃないか、それとも、――今夜はその手ではぐらかそうというつもりか」

「いいえ」おしのはかぶりを振った、「今夜は逃げも隠れもしません、今夜は覚悟をして来たんです」

「そんな大げさなことを」と云って彼は盃を取っておしのにさした、「とにかく一ついくとしよう」

おしのは注がれた盃を膳の上に置き、源次郎に酌をしてやった。

「あたしおつるさんに、国許《くにもと》へ帰るように云いました」いちど置いた盃を持って、それをみつめながらおしのは続けた、「少ないけれど持たせる物を持たせてあげましたから、もうあなたに心配をかけるようなことはないでしょう、今日あたりは常陸《ひたち》のどこやらとかいう、故郷へ帰っているかもしれません」

「持たせる物って、金でもやったんですか」

「あなたは関係のないこと」と云って、おしのは盃の酒をきれいに飲みほした。

三

「おつるさんのことはもう心配はないわ」とおしのは続けた、「あの人は二人の子をかかえて、これから苦労することでしょう、苦労があんまりひどければ、二人の子を伴れて親子心中をするかもしれない、でも決して、あなたに迷惑はかけないと思うわ」
「もうその話はよそうじゃないか」
「憚《はばか》りさま、お酌」おしのは、盃を出し、源次郎が酌をした、「今夜はいただくのよ」とおしのは云った、「――この話はあなたに痛いのね、おつるさんのほかにも、何人となくたのしんだ相手がいるんでしょ、たのしむだけたのしんで、飽きれば猫の仔《こ》を捨てるように、さようなら――とも云わずに捨ててしまったんでしょ」
「およねさんのように云うと、男だけが悪いように聞えるけれど」源次郎は手酌で飲み、おしのに酌をしてやりながら、とりいるような口ぶりで云った、「女だって子供じゃあなし、こうすればどうなるかというぐらいの分別はある筈だ」
「そのとおりよ」
「男に妻子があるかないかはべつとして、いろごとというものはひょいとしたはずみでもできてしまう、算盤《そろばん》を置くように、末始終《すえしじゅう》のことを計算したり、是非善悪のけじめをつけてから、さてそれでは、というようなもんじゃあない、男も人間だし女も人間だ、ばかなことをしたり思わぬ羽目を外したり、そのために泣いたり苦しんだりするのが、人間の人間らしいところじゃあないだろうか、いろごとでたのしむのは男だけじゃあない、女のほうが男の何十倍もたのしむという、だからこそ、前後の分別を忘れて男に身を任せるんじゃあないか」

「あなたの云うとおり、そのとおりよ」とおしのは盃の酒を呷《あお》った、「あたしはまだ知らないけれど、たのしむところまではそのとおりのようね、でも、そのあとはどうなの、――わかりいいからおつるさんのことにしましょう、男と女、人間同士ひょいとしたはずみでそういうことになった、おつるさんはあなたの何十倍もたのしんだとしましょう、それにしても、おつるさんをくどきおとしたのはあなただし、たとえ何十分の一にもせよ、あなただってたのしんだことはたのしんだ、そうでしょ、それだのにあとで苦しむのは女だけで、あなたは爪《つめ》の先も痛みはしない、おつるさんはことによると、一生苦しまなければならないかもしれないのに、あなたは妻子とたのしくくらしているうえに、あたしのような者ともこうして隠れあそびをしていられる、――男と女はもともとそういうようにできているのかもしれません、きっとそうなんでしょうよ、けれども、それであなたはなんでもなくって、たまにはああ悪かったぐらい思うこともあるんですか」

「今夜は御機嫌ななめらしいな」源次郎は苦笑しながら、おしのに酌をして云った、「なにかいやなことでもあったのか」

「今夜限《き》りでお別れする、っていうことが云いたかったんです」

源次郎は訝《いぶか》しそうな眼をした、「——およねさん酔ったね」

「酔うのはこれからよ」と云っておしのは汁椀《しるわん》の蓋《ふた》を取った、「さあ注いで下さいな」

「うれしいね、その調子だ」彼は酌をしてからおしのを見た、「だが、——これっきりで別れるというのは、まさか本気じゃあないだろうね」

「本気よ」とおしのは云った、「自分では本気のつもりよ、いろいろ考えてみると、このへんが別れどきだと思ったの」

「それはひどいよ、別れどきって云ったたって、まだ一度も寝たことさえないじゃないか」

「だから今夜はその覚悟で来たって云ったでしょ」

「つまり、やっとのことで始まる、というわけじゃないか、半年の余も待ちに待って、ようやく望みがかなったと思うと、それっきりで別れるなんて罪だ、それはあんまりひどすぎるよ」

おしのは笑った、「あなたの番が来たのよ」

「なんだい、私の番って」

「これまでは女のほうが苦しんだ、何人か、何十人か知りませんけれどね」と笑いながらおしのが云った、「こんどはあなたが苦しむ番なの、わかるでしょ」

「おまえさんは平気なんだね」源次郎の顔に自信ありげな微笑がうかんだ、「今夜なにしても、明日は平気で別れて、そのままでなんともないっていうんだね」

「そんな顔をなさらないで」おしのは気弱そうに云った、「自分でそう決心したんだから、この気持を崩さないでちょうだい、――あなたがそういう顔つきをなさると、軀《からだ》から力がぬけてしまうような気がするの、あなたって怖い方だわ」

「怖いもんか、私は甘い人間だよ」彼は征服者のように云った、「さあおよね、今夜限りでお別れなら、酒なんかで暇を潰《つぶ》してはいられない、ちょっと向うで休むとしよう」

「女中さんが来ますよ」

「来やあしないよ」彼は立ちあがって手をさし出した、「このうちのことは私がよく知っている、呼ばなければ誰も来る気遣いはないんだから、さあ」

「立たせてちょうだい」

「酔っちまったね」

源次郎は炬燵をまわり、おしのをうしろから抱き起こした。酔って力のぬけたような、やわらかにくったりとした娘の軀は、源次郎の欲望をかきたて血を狂わせたようだ。彼は片手でおしのを抱き、片手で襖《ふすま》をあけた。次の間には夜具がのべてあり、絹の丸行燈《まるあんどん》や、枕許《まくらもと》の盆なども揃《そろ》っていた。

「あちらに包みがあるの」とおしのが囁き声で云った、「持って来て下さいな」

源次郎は風呂敷《ふろしき》包みを持って来た。

「屏風《びょうぶ》をまわして」とおしのは云った、「着替えるまで見ないでね」

「行燈へ火を入れよう」と源次郎が云った。

彼が丸行燈に火を移し、襖を閉めると、屏風の中からおしのが、彼の寝衣《ねまき》を出してよこした。もちろんこの家のものである、彼は気もそぞろな動作で、手早く着替えをし、「いいかい」と声をかけた。

「いいわ」とおしのが答えた。

源次郎が屏風をまわってゆくと、おしのは長襦袢《ながじゅばん》になって夜具の上に坐り、扱帯《しごき》をしめようとするところだった。

「ちょっと」と彼は声をかけた、「それをしめるまえに、ちょっと私に見せておくれ」

「どうして」

「いいからさ、ちょっとだけだから」

前へまわって坐った源次郎の顔を、おしのはするどい眼つきでみつめながら、静かに、長襦袢の衿《えり》を左右へひらいた。

四

皮膚の薄い肌は透きとおるように白い。その病気にかかると特に肌が美しくなるというが、おしのの肌はまえよりも白く、掌《てのひら》の中へはいりそうな乳房は、文字どおり透きとおるようで、乳首のまわりの薄い樺色《かばいろ》が、際立《きわだ》って嬌《なまめ》かしくみえた。

「ああ、きれいだ」源次郎は眼をぎらぎらさせながら呻いた、「こんなきれいな胸を見るのは初めてだよ」

「そんなに見てはいや」

「もうちょっと」と彼は息を喘《はず》ませながら云った、「そのままもうちょっと、——ああ、まるでなにかの花のようだね」

「おそのさんよりもきれい」

「おそのさんだって」

「本石町《ほんごくちょう》の薬種問屋、むさし屋のおそのさんよ」とおしのが云った、「覚えてるでしょ」

「むさし屋の、――おその」

「思いだして」

「あんな古いことを知っている筈はない」と源次郎は云った、「誰かに聞いたんだね」

「思いだしたのね」

「昔の話だ」と云って彼は手をさし伸ばした、「もうすっかり忘れていたよ、さあ、そんなことはいいからそれを脱いで」

「まだよ、もう一つ訊くことがあるの」おしのは彼の手を押しやった、「あなたその人に娘を産ませたっていうけれど、ほんと」

「いったい誰からそんなことを聞いたんだ」

「嘘《うそ》か本当か知りたいの、おそのという人の産んだ娘の父親はあなただって、本当にそうなの」

「昔のことだって云ってるじゃないか」

「嘘じゃあないのね」とおしのはひそめた声で、念を押すように云った、「その娘があなたの子だっていうこと、本当なのね」

「本当だ」と彼は頷いた、「もう正直に本当だと云ってもいいだろう、おそのも娘も死んじまったからね」

「亀戸《かめいど》の寮で、焼け死んだんですって」

「そんなことまで知ってるのか」

「あなたの知らないことも知ってるわ」おしのは頬笑んだ、「寮の焼け跡から三人の骨が出たわね、一人は父親の喜兵衛、一人は妻のおその、もう一つ小さな骨は娘のおしの、――そういうことだったでしょ」

源次郎はじっとおしのをみつめた。

「ところがこのあいだ、町方の青木千之助という与力がしらべたんですって」とおしのはゆっくり続けた、「不審なことがあるから、墓を掘り返して三人の遺骨をしらべ、蘭方医《らんぽうい》に鑑定させてみたんですって、――すると、御夫婦のほうは間違いなかったけれど、娘のほうは違うんですって、男と女は腰の骨でわかる、その骨は娘のものではなく、紛れもない十六、七の男の骨だったそうよ」

「それは」源次郎は唾《つば》をのんだ、「いったいそれは、どういうことだ」

「つまり娘は生きているというわけよ」

「ばかなことを、ばかな」と彼は首を振って云った、「だって現にむさし屋では、ちゃんと三人の葬式を済ましているじゃないか」

おしのはあやすように笑った。

「それに第一、――」と彼はせきこんで云った、「その骨が男のものだとすれば、娘はいったいどうしたんだ、焼け死んだのでなければ生きている筈だし、生きているなら名のって出る筈じゃないか」

「もう名のって出るじぶんよ」とおしのが云った、「しなければならないことが、もうすぐに終りますからね」

「おまえ、――およねさん」

「あなたも聞いてるでしょ、十一月からこっち、市中の料理茶屋とか、宿屋とか、屋形船なんぞで、男が四人殺されたわね、……殺したのは十八、九になる女で、左の乳の下に平打の銀の釵《かんざし》が突き刺してあり、枕許にはいつも赤い山椿《やまつばき》の花片《はなびら》が一枚落ちていた、そうでしょ」

源次郎はまた唾をのんだ。

「殺された四人は、みんなむさし屋のおそのとかかわりがあったの」とおしのは彼の眼をみつめながら云った、「おそのという人は恥知らずの浮気者で、いつも男あそびが絶えなかった、御主人は養子のうえに温和《おとな》しい人だったので、御夫婦になってからも主人らしい顔もせず、一人娘が他人の胤《たね》だと知りながら、その娘を実の子より大事に可愛がり、店のために骨身を惜しまず働きとおした、そのあげく病気になり、血を吐いて倒れてしまった、長いあいだ心と軀の苦労が積もり積もって、いつか癆痎《ろうがい》にかかっていたんです」

「いいえもう少し」おしのはなにか云おうとする源次郎を遮って、続けた、「もう少しだから聞いて下さい、――おしのという娘は、母を呼んで看病してもらおうと思いました、医者も危ないというし、続けて何度も血を吐くし、せめて一生に一度くらい、御夫婦の情を味わわせてあげたいと思ったからです、でも、おそのという人はそのとき、子供役者を伴れて遠出をしていて、帰って来たときはもう、御主人は亡《な》くなったあとでした、臨終のときにはおしのという娘しかいなかったのですが、亡くなるまえに、御主人は娘に云ったんです、――おそのにひとめ会いたかった、ひとめ会って、一と言だけ云いたいことがあった、たった一と言だけ、云ってやりたいことがあったって……」

おしのは頭《こうべ》を垂れたが、源次郎が言葉をはさむまえに顔をあげ「娘にはわからなかった」と静かに続けた。

「そのとき娘は、日ごろ薄情にされた恨みを云いたいのだろう、と思っただけでした、けれども、母を捜しているあいだに、母の男狂いを知りましたし、遠出遊びから帰って来た母を責めたとき、自分が不義の子だということをうちあけられたのです」

「そのときおそのという人は、中村菊太郎という子供役者といっしょで、御主人の死《し》骸《がい》が隣り座敷にあるというのに、その菊太郎と平気で酒を飲んでいたんです、いい機嫌に酔って、死んだ人のことを平気で悪く云い、おまえの本当の父はこの人ではない、日本橋よろず町の丸梅の主人で源次郎という人だ、とうちあけたのです」

「そんなに詳しいことを、どうしておよねさんが知っているんだ」と源次郎が咳《せき》をして訊き返した、「おしのから聞いたのか」

「その娘は死んだ父親が好きでした」とおしのは穏やかに云った、「——世間のどんな娘より父が好きで、ふだんから母の仕打を憎らしく思っていたんです、そうして、自分が不義の子だと聞いたとき、父が臨終になにを云いたかったか、ということがわかり、母も、母といっしょに父を苦しめた男たちも、赦すことはできないと思ったんです」

「わかった」と源次郎が云った、「やっぱりおしのから聞いたんだ、そうだろうおよねさん」

おしのは黙って彼の眼をみつめた。

五

「おしのが生きているというのは本当なんだな」源次郎は急に寒さを感じたような表情で問いかけた、「おまえさんはおしのを知っている、たしかにその話はおしのから聞いたんだろう、いったいおしのはいまどこにいるんだ」
「それよりも、殺された四人のことが気にならないかしら」
「どういうわけで」
「四人ともおそのさんとわけがあったということは話したでしょ、殺し方も同じ、枕許に山椿の花片、――」とおしのは暗示するように云った、「山椿は父親という人の好きな花だったんです、なんのたのしみも道楽もなかったその人の、たった一つだけ好きな花だったんです、だからその花片は、父親へ供養《くよう》のしるしとして置かれたものなんです」
「と云うと、四人を殺したのは」と云いかけて、彼は強く頭を左右に振った、「いやばかな、まさかそんな」
「そうなんです、四人ともおしのが殺したんです」

おしのはそう云うと、長襦袢の左の袂《たもと》をさぐり、銀の平打の釵と、平たくたたんだ紙包みを出し、包みをひらいて、その中に赤い椿の花片が一枚あるのを見せた。

源次郎はうしろざまに反って、両手で上躰を支えた。顔は壁土色に硬《こわ》ばり、大きくみひらいた眼は、いまにもとびだすかと思われた。

おしのはもういちど、長襦袢の衿を左右へひらき、あらわな胸を彼に見せた。

「さあどうぞ」とおしのは云った、「どうぞ触って下さい、あたしがおしの、あなたの娘です、抱いて寝て下さるんでしょう」

源次郎は口をあいた。なにか云おうとするらしいが、舌が、硬ばって言葉にならず、全身が小刻みにふるえだした。

おしのはそのようすを、眼も動かさずにみつめていて、やがて胸を隠し、夜具の脇《わき》にあった着物を引きよせると、それを肩に掛けながら立ちあがった。源次郎は躯をずらせて、これも着替えに立とうとしたが、おしのは横眼で見て、「いけません」と云った。

「あなたは泊ってゆくんです」

源次郎は立ちかけた膝《ひざ》をおろし、屏風を背にして、途方にくれたように坐った。おしのは手早く着替えを済ますと、夜具を中にして、源次郎と向き合って坐った。

「あたしはあなたも殺すつもりでした」

「どうしてだ」と彼は吃《ども》りながら、舌のもつれるような口ぶりで訊き返した、「どうしてそんな、四人も殺さなければならなかったんだ」

「話してもあなたにはわからないでしょう、わかるような人なら、恥ずかしくって生きてはいられない筈です、あなたは」とおしのは囁き声で、相手の心臓を刺しとおすように云った、「——自分の血を分けた娘と逢曳《あいび》きをし、さんざんあまいことを云ってくどき、今夜はいっしょに寝ようとしたんですよ」

「それは」と彼はひどく吃った、「私はそうとは知らなかったから」

「あたしはあなたを畜生にしてやろうと思った」とおしのは構わずに続けた、「あなたを畜生にしたうえで、殺してやるつもりだった、でも考え直しました、あたしはあなたを生かしておいてあげます、殺してしまうには惜しいからです、——あたしはこれから自首して出て、なにもかも申上げます、寮へ火をつけておっ母さんと菊太郎を焼き殺したこと」

源次郎はあといった、「なんだって、おそのさんとその役者を」

「酒で酔い潰れているところを焼き殺したんです」

「私を威《おど》かそうというんだな」

「お裁きになればわかるでしょう、家じゅうに油を撒《ま》いて火をつけたんですから、あなたの血を分けた娘がね」と云っておしのはやわらかな微笑をうかべた、「——実の母親を焼き殺したうえ、四人の男を次つぎと殺した、これを自首して出れば世間じゅうに知れ渡るでしょう、そして、そのあたしの父親が、丸梅の主人の源次郎だということも」

「私を威すつもりなんだ」と彼が云った。

「あなたは苦しむのよ」とおしのはあやすように云った、「死ぬ苦しみは、いっときだわ、あっけないほどすぐに済んでしまうの、——あなたはそうはさせない、あなたは生きている限り苦しむのよ、親を殺せば磔《はりつけ》か火焙《ひあぶ》りでしょう、あなたは自分が密通をしたこと、密通をして産ませた自分の娘が、磔か火焙りになったということ、世間の人たちがそれを知っていることで、死ぬまで苦しまなければならないのよ」

「嘘だ、そんなことができるものか」

「見ていればわかるわ」と云って、おしのは風呂敷包みを持って立ちあがった、「——お裁きは長くはかからないでしょう、十日もすればきっと江戸じゅうの評判になる筈よ」

「そんなことはさせないぞ」源次郎も立ちあがった、寝衣の前がだらしなくはだかり、濃い毛の生えた脛《すね》がまるだしになった、「——おまえが本当におしのなら、おれはそんなふうに死なせはしない、おれの罪は罪としても、おまえを死なせるわけにはいかない、とにかくもういちど坐って相談をしよう」

「どんな相談があって」

「生きることだ」と彼はけんめいな眼つきで云った、「おまえは若いし、そんなにきれいだ、自首さえしなければなにもわからずに済むだろう、罪ほろぼしにおれがどんなことでもする、頼むからおれの云うことを聞いてくれ」

「それが苦しみの始まりね」おしのは低く笑った、「——お仕置にならなくっても、あたしは長くは生きられないのよ、この軀はお父つぁんと同じ病気で、もう二度も血を吐いたんですから」

「私は、私は力ずくでも止めるぞ」

「やってみて下さい、一と声叫べば女中が来るでしょう、どうせ自首するんですから、町方を呼んでもらって、あなたの眼の前でお縄にかかりますよ」

源次郎は両手をだらっと垂れた。

「力ずくで止めないんですか」とおしのは云った、そして、夜具の枕許にある釵と、紙の上にのっている花片を指さした、「——それがおしのからあなたへのかたみです、忘れずに持って帰って下さい」

そして静かに隣り座敷へ出ていった。

「おしの、それはいけない」と源次郎はしゃがれた声で呼びかけた、「そうしてはいけないよ、おしの」

だがその声は低くかすれているため、おしのには聞えなかったであろう。源次郎は恐怖そのものといった眼で、銀の釵と、山椿の血のように赤い花片をみつめていた。

六

十二月二十七日の午後。

青木千之助は八丁堀の役宅で、溜《たま》っていた書類の整理をしていた。朝からの雨が雪になるかと思ったが、寒さがきびしいばかりで雪になるようすもなく、雨落《あまおち》の石を打つあまだれの音が、気のめいるような陰気な調子で、低く、ゆっくりと呟いているのが聞えた。

手が凍えてきたので、筆を措《お》き、火桶《ひおけ》で手指を暖めていると、声をかけて、同僚の岡田朔太郎《さくたろう》がはいって来た。

「精を出すね、もう暗いじゃないか」
「正月に休みたいからね」と千之助は答えた、「――もうしまったのか」
「うん、おちつかなくってね」岡田は眼を細くした、「だらしのない話だが、この時刻になるといけないんだ、どうなだめてもそわそわしちゃって、なんにも手が付かなくなってくるんだ」
「おれのせいじゃないさ、頼むから邪魔をしないでくれ、今日は師走《しわす》の二十七日だぜ」
「話ぐらい聞いてくれてもいいだろう、じつはちょっと相談があるんだ」
千之助は手をあげて制した、「あ、あ、それはだめだ、あの女のことだけはおれに話さないでくれ、おれには別れろと云うほかに意見はないんだから」
「友情のない男だな」
「ああ、この事については爪の先ほどの友情もないね」千之助は机に向かって筆を取った、「ほかに用がなかったらいってもらおう」
「青木はあの女を誤解しているんだ」と云って岡田は立ちあがった、「いちど会ってゆっくり話してくれれば、おれの女房として立派に値打のあることがわかるんだがな」

「それも幾たびか聞いたせりふだ」と書類を繰りながら千之助が云った、「おまえの惚《ほ》れる女はみんな侍の女房として立派な値打がある、それが五十日も経《た》たないうちにすべたのおかめのおひきずりに変ってしまう、おい、子供だって同じ落し穴へは落ちないもんだぜ」

「こんどのお松は違うんだってったら」

「それもきまり文句だ」千之助は背を向けたままで、筆を持った手を振った、「さあ出ていってくれ、おれはこれを片づけなくちゃならないんだ」

岡田朔太郎は溜息《ためいき》をつき、首を振りながら出ていったが、閉めた障子をすぐにあけて戻り、「忘れていたよ」と云って、一通のふくらんだ手紙をさし出した。

「おれの書状箱にこれが紛れこんでいたんだ」と岡田は云った、「おしのという女の名まえだが、呼出しじゃあないのか」

「おしの」千之助は受取って署名を見た、「覚えのない名だな、なんだろう」

「おれのお松と同じ口じゃあないのか」と云って岡田はあとじさりをした、「そんな顔をするなよ、冗談じゃないか」

そしてこんどはいそぎ足に出ていった。

千之助は暫《しばら》く「おしの」という署名をみつめていたが、やがて封を切って、厚くふくらんだその手紙を披《ひら》いた。厚さ一寸ほどもある巻紙の上に、細長く折った一枚の紙があり、彼はまずそれを読んだ。

――わたくしは日本橋本石町三丁目の薬種問屋、むさし屋の娘しのでございます。それにはこういう書きだしで、人を殺した罪で自首して出たいが、いつぞや「かね本」であなたを騙したことがあるし、あなたが自分のことをしらべていると聞いたので、ぜひあなたの手でお縄にしていただきたい。おいでになるまでここを動かずに待っているが、いらっしゃるまえに同封の書状を読んでおいてもらいたい。こんどのことはこみいった事情があって、口ではよく云いあらわせないかもしれないと思い、前後のゆくたてを書きとめておいたのである。文章もたどたどしい字も読みにくいだろうが、どうかひととおり眼をとおしておいていただきたい。という意味のことが書いてあった。

「本所枕橋《まくらばし》の近く、松平越前《えちぜん》さまの横のむらた、――茶屋だな」千之助はところ書きを読むと、下唇を噛《か》んで呟いた、「やっぱりおしのという娘だったのか」

彼は机の上を片づけて、その書状を読みはじめた。

とそこに書かれていた告白は異常なもので、とうてい十八歳の娘などにできることとは思えなかったが、同時にまた「十八歳」という年齢の純粋な潔癖さがなければできなかったろう、とも思えるものであった。

彼女は父に対する深い愛情を切々と訴え、特に父が「山椿」について語った思い出ばなしに感動したことを、克明に書いていた。文章は少しも修飾がなく、事実をそのまま書き綴《つづ》ったらしく、もどかしい云いまわしが多かったけれど、偽りのない感情をあらわしているようであった。

――わたくしは母が赦せませんでした。

母の不貞、不行跡についても、彼女は隠さずに怒りを述べていた。（これらは読者がすでに読まれている）そして、自分が不義の子であると聞かされたとき、しかも母自身が、平然としてそれを語るのを聞いて、殺す気になったという。

――母と子という気持はなくなっていました、人間として赦すことができない、女ぜんたいをけがすものだ、というように感じたのです。

人が生きてゆくためには、お互いに守らなければならない掟《おきて》がある。その掟が守られなければ世の中は成り立ってゆかないだろうし、人間の人間らしさも失われてしまうであろう。ことに男と女との関係は、お互いの誠実と信頼が根本である。わたくしはまだ情事を知らないから、それがどんなに人を迷わせ、あやまちを犯させるものかはわからないし、世間には密通ということが少なくないことも聞いている。

——けれども母の場合は違うのです。

母が男狂いをした、不義の子を産んだというだけなら、「殺す」などという気持にはならなかったでしょう。母にはそれが「あやまち」でもなく、不徳義とも感じなかった。父が知っていたようすから推察すると、わたくしが不義の子であるということを隠しもしなかったと思うのです。

——死ぬまえに一と言だけ。

たった一と言だけ云いたいことがある、と父は云った。二十年ちかいあいだ、抑えに抑えて来たおもいを、いちどだけ母に叩《たた》きつけたかったのであろう。しかし、仮にそうすることができたとしても、おそらく母は平気だったにちがいない。父の死躰を見たとき、母は悲しそうな顔ひとつせず、「きみが悪い」と云って逃げだし、子供役者の菊太郎と、良人《おっと》の死躰のある同じ家の中で、酒を飲み、たわむれていた。

——これが赦せることでしょうか。

母のしていることは、不行跡とか、みだらだというだけではありません。世の中の掟や、人と人との信義をけがし、泥まみれにしたうえ、嘲笑《ちょうしょう》しているようなものです。

——そしてその母の血が、わたくしのこの軀にもながれているのです。わたくしは死のうと思った。不義の子と知りながら、あんなにも愛してくれた父への申訳に。もちろん母も死ななければならないし、母とともに父を苦しめた男たちにも、罪のつぐないをさせよう、わたくしはそう決心いたしました。

亀戸の寮のことから、屋形船の佐吉のことまでは、もうおしらべ済みでございましょう。わたくしは父の遺《のこ》してくれた八百両あまりの金で家を借り、小女《こおんな》を雇ってくらしながら、母とかかわりのあった男たちのことをさぐりました。その消息を知っていたのが佐吉で、男の数は八人余でしたが、そのうちどうしても、罪をつぐなわせたい者だけ五人選んだのです。

——この世には御定法《ごじょうほう》で罰することのできない罪がある。

いつかこういうことを書いたのを、お読みになったと思います。あれを書いたときは本当にそう信じていたのです、生みの母を殺し生みの父を殺し、見知らぬ男を五人も殺すというのは、「御定法」では罰することができず、しかも人間としては赦しがたい罪である、ということを信じなければできないことだったと思います。

告白の文章はここで跡切《とぎ》れ、あとは墨の色も新らしく、走り書きで、次のように続いていた。

——わたくしは生みの父を殺しませんでした。

殺せなかったのではなく、「殺さなかった」のである。自分が彼のじつの娘であること、母をふくめて六人を殺したこと、これから自首して出るが、そのときは詳しい理由と、自分が不義の子であり、じつの父は日本橋よろず町の「丸梅」の主人、源次郎だということを申上げるつもりだ、ということをはっきり云ってやった。

——このためにあの人が一生苦しみ、死ぬまでおろすことのできない重荷になるように、と思ったからです。

わたくしはいま「むらた」の離れでこれを書いているが、初めて寮へ火をつけたときのような、張り詰めた気持はなく、むしろ恥ずかしさと、自分が僭上《せんじょう》だった、というおもいで苦しんでいる。

——御定法で罰することのできない罪。

あのときはそう書いたし、そう信じて疑わなかったけれども、御定法に代って「自分が罰する」自分が罪を裁く、などと考えたことは誤りであった。もっとも憎んでいるじつの父を「生かしておこう」と思ったとき気づいたのだが、人を殺すことは罰することでもなく、罪のつぐないをさせることでもない。その人の罪は、御定法で罰せられないとすれば、その人自身でつぐなうべきものだ、ということに気がついたのである。

——だが母だけは死ななければならなかった。

母の血のながれているわたくしも死ななければならない。その覚悟は初めからできている、磔でも火焙りでもいい、早くお裁きを受け、処刑されて、あの世の父のところへゆきたいと思う、いまはそれだけが願いである。

書状はそれで終っていた。

千之助は書状を巻いて、机の抽出《ひきだし》へ入れ、でかけるために、身支度をした。

深川安楽亭

小林正樹監督が『いのちぼうにふろう』として映画化

一

その客は初めて来た晩に「おれはここを知っている」と云《い》った。人の多い晩で、夕方から若い者がみんな集まっていた。与兵衛、定七、政次、由之《よしの》助《すけ》。それから「灘文《なだぶん》」の小平が人を伴《つ》れて来ていたし、釜場《かまば》には仙吉と源三もいた。この安楽亭は、知らない人間ははいれない。「うっかりあの島へはいると二度と出て来られない」といわれているくらいで、その客がはいって来たとき、誰か気がついていたら断わった筈《はず》である。だが店が混んでいたために、誰も知らなかった。彼はコの字なりになっている飯台の、いちばん隅《すみ》に腰をかけ、独りで黙って飲んでいたが、みんなの話がちょっととぎれたとき、ふっと、「おれはここを知っているぜ」と云った。その声はかなり高かったので、みんなそちらへ振向き、初めてそこに、見知らぬ客のいることに気づいた。

いちばん近くにいた定七は、暫《しばら》く相手を眺《なが》めていて、それからおやじの幾造を見た。幾造は飯台の向うで酒の燗《かん》をしながら、「灘文」の小平と話していたが、その客の言葉は聞えたにちがいない。しかし、定七がうかがうように見ると、幾造は「構うな」というふうに、黙って首を振った。

次にその客が来たのは、まだ明るい時刻で、店には幾造の娘のおみつがいた。おみつは燗鍋《かんなべ》の下の火をもしつけていたが、はいって来た客を見ると、団扇《うちわ》の手を止めて立ちあがり、片手の甲で汗を拭《ふ》きながら、じっとその客を見まもった。客はこのまえと同じ隅へいって腰をかけ、おみつに向って「酒だ」と云った。おみつは客を見まもっており、客は腰から莨入《たばこいれ》を取って、巧みに燧石《ひうちいし》を使いながら、煙草《たばこ》を吸いつけた。

彼の年は四十から四十五のあいだくらいにみえた。中肉中背であるが、病気でもしたあとのように頬《ほお》がこけ、ぶしょう髭《ひげ》の伸びた顔は、ひどく疲れて精をきらしたような、乾いた土け色をしてい、眼の色も暗く濁って力がなかった。

「済みませんが」とおみつがついに云った、「うちでは知らない方はお断わりしているんですけれど」

「そうらしいな」と彼が云った。

だが、立つようすはなく、黙って煙草をふかしているので、おみつはうしろの縄暖《なわの》簾《れん》をくぐって、奥へゆき、父親にその客のことを告げた。縄暖簾の向うは鉤《かぎ》の手になった土間で、煮炊きをする釜場があり、それと向き合って四帖半《よじょうはん》の小部屋と六帖が続いている。そこは親娘《おやこ》の寝起きするところであるが、幾造は六帖のほうで、若い者たち三人と、賽《さい》ころ博奕《ばくち》をしていた。

「こないだのやつだ」とおみつの話を聞いて政次が立った、「きっとこないだのやつにちげえねえ」

政次は土間へおり、いそいで暖簾口から覗《のぞ》いてみて、すぐに戻《もど》って来ながら、幾造に頷《うなず》いた。

「どうしよう」と政次が訊《き》いた。

幾造はおみつに、「飲ましてやれ」と云った。

「だって」と政次が云った。彼の唇《くちびる》の端がよじれるようにまくれて、歯が見えた、「いぬかもしれねえぜ、親方」

「頭を冷やして来い」

由之助がくすっと笑った。幾造の前には与兵衛と源三と仙吉がいて、他の者は知らぬ顔をしていたが、由之助だけが忍び笑いをした。

「可笑《おか》しいか」と政次が由之助を見た。彼の唇がまたまくれあがった、「おめえなにか知ってるのか」

「ここへはどんないぬも来やあしねえ」と幾造が云った、「おみつ、飲ましてやれ」

そして賽ころの壺《つぼ》を取った。

その客はおそくまでいた。ほかには誰も人の来ない晩で、定七もいなかった。その客は黙って手酌で飲み、ほかの者には眼もくれなかった。およそ八時ごろだったろうか、由之助は仙吉をつかまえて、いつものお饒舌《しゃべ》りをしていた。与兵衛はむっつりと飲みながら、ときどき口の中でなにか呟《つぶや》いては、同時に左手の指で、呪禁《まじない》でもするように、額を横に撫《な》でていたが、ふと眼をあげて、隅のほうを見た。

その客が低く笑っていた。――その客は飯台へ凭《もた》れかかり、肱《ひじ》をついた両手で、盃《さかずき》を捧《ささ》げるように持ったまま、手首のところへ額を押しつけて、く、く、と喉《のど》で笑っていた。――政次と源三がそっちを見、幾造が振向き、由之助と仙吉も気がついた。みんなはすぐに、その客が笑っているのではなく、嗚咽《おえつ》しているのだということを知って、互いに眼を見交わした。

たしかに、その客は嗚咽していた。

それは異様な、心うたれるものだった。この安楽亭のような店の、うす暗い飯台の片隅で、そのくらいの年配の男が、そんなふうにすすり泣いている姿は、異様であり、人の心をうった。

「おじさん」と政次が呼びかけた、「そこのおじさん、どうかしたのかい」

幾造が咳《せき》をし、政次に向って「黙れ」という眼くばせをした。政次は黙り、まもなくその客は帰ったが、帰りぎわに、客は飯台の上へ、幾らか置きながら「みんなで一杯飲んでくれ」と云った。

「そりゃあいけねえ」と幾造が首を振った、「そういうことはよしてもらおう」

「いや」と客は云った、「金はあるんだ」

みんな口をつぐんで、客のうしろ姿を見送った。客が橋を渡りきったと思われるころ、政次が、「うん」と溜息《ためいき》をついた。

「いい年をして泣くなんて」と政次は云った、「おかしなやつだが、人間は悪かあねえらしいな」

「おんば（乳母）そだちよ」と云って由之助がくすくす笑った、「いぬじゃねえらしいや」

三度めに来たとき、その客はひどく酔っていた。こんども例の片隅で、独りで十時ごろまで黙って飲んでいたが、帰るちょっとまえに、初めて来た晩と同じようなことを、誰に云うともなく呟いた。

「おれはこのうちのことを知っている」とその客はもつれる舌で云った、「ここがどんな店かってことは、ずっとまえから知ってるんだ」

定七がそれを聞きつけた。彼はその客のほうへ振向き、ほそめた眼で、相手を見た。

「おめえそれを、本当に知ってるのか」と定七が訊いた。

「おれは近くに住んでたんだ」とその客は云った、「五年まえまでな、このすぐ近辺にいたことがあるんだ」

「それで——どうだっていうんだ」

「なんでもないさ」と云って、その客は酔った眼であたりを眺めまわした、「おれはここが好きなんだ」

「こっちはおめえなんか好きじゃねえぜ」

「怒ったのか、あにい」

「おい」と定七が沈んだ声で云った、「帰ってくれ」

その客は訝《いぶか》しげに定七を見た。それから、よくまわらない舌で、「帰れっていうのか」と反問した。定七はまた「帰れ」と云った。その客は暫くじっとしていて、やがて、突っかかるように、「どうしてだ」と訊いた。

「どうしていけないんだ、おれがなにか悪いことでもしたのか」とその客は云った、「それとも、おれがいてはなにかぐあいの悪いことでもあるのか」

定七が立ちあがり、幾造が「定」とするどく制止した。

「親方、――」と幾造はその客に云った、「飲みに来るのは構わねえが、よけいなことは饒舌らねえほうがいいぜ」

その客はぐらっと頭を垂れた。

「ここへ来るなら、見ず、聞かず、云わずだ」と幾造が云った、「諄《くど》くは云わねえ、それができなかったら来ねえでくれ、わかったか」

「なんでもねえ」とその客は頭を垂れたまま答えた、「わかったよ」

定七は静かに腰をおろした。

それから毎晩のようにその客は来た。いつも手酌で飲んでいて、誰にも話しかけず、酔ってくるとよく独り言を云った。泥酔《でいすい》したときには突然「ひっ」というような声をあげたり、飯台に俯伏《うつぶ》して嗚咽したりした。「おしまいだな、うん、おしまいだ」とか、「くたばれ、くたばってしまえ」などという言葉が、しばしば独り言のなかで繰り返された。

「いったいどういう人なんだろう」とおみつが云った、「堅気のようでもあるし、ぐれているようにもみえるし、見当のつかないような人じゃないの、おかみさんや子供はいるのかしら」

それは「荷操《にと》り」をする晩で、若い者はみんなそこに揃《そろ》っていたが、おみつの言葉に答える者はなかった。

「そんなことを気にするな」と父親の幾造が云った、「こっちには縁のねえこった」

すると由之助がくすくす笑って、「おんばそだちさ」と云った。ほかの者はなにも云わなかった。まったく興味がないというふうに、黙って酒を啜《すす》ったり、低い声で話しあったりしてい、やがて、奥で時計が鳴りだすと、与兵衛が「九つ（午前零時）だな」と云い、定七と政次を見て立ちあがった。

「提燈《ちょうちん》が三度だぞ」と幾造が云った。

「二度なら帰って来る」と与兵衛が陰気な調子で云った、「わかったよ」

「気をつけていけ」と幾造が云った。

そして三人は裏から出ていった。幾造はうしろの掛け行燈《あんどん》を消し、由之助と源三は、仙吉を「おい、寝るんだ」とゆり起こした。飯台に凭れて眠っていた仙吉は、うと唸《うな》り、首を振って、

「ねむってえよ」とうわ言のように云った。

「これで年は十九だとよ」と由之助が云った、「へっ、笑あせやがる」

二

かれらはその客に馴《な》れ、その客の存在を忘れた。この「島」にいる者は、自分に関係のない限り、他人のことには無関心であった。その客に対しても、初めは疑惑と強い警戒心をもったが、五度、六度と顔を見るうちに馴れてしまい、するとまったく興味を失って、転げている石ころほどにも感じなくなったようであった。

久し振りに「荷操り」のあった、翌日、——夕方に酒樽《さかだる》がはいり、肴《さかな》の材料がはいり、そして「灘文」の小平が来た。小平は一人で来て、しきりに幾造をくどいていた。幾造は肴を拵《こしら》えながら「若い者しだいだ」と答えていた。

「このまえあんな事があったんでな」と幾造が云った、「正太と安公が死んだんで、みんな縁起をかついでるらしいから」

「こんどの荷は嵩《かさ》がないんだ」と小平が云った、「一人五両ずつで六人、頼むよ親方」

幾造は「若い者しだいだ」と答え、小平はなおもねばった。

「うるせえな」と幾造は手を止めて小平を睨《にら》んだ、「おれは庖丁《ほうちょう》を使うのが道楽だ、これだけがおれの楽しみなんだ、おれが庖丁を使ってるときにはそっとしといてくれ」

小平は口をつぐみ、それから「悪かった、済まない」と云って黙った。灯《ひ》をいれるとすぐ、あの客が来て、いつもの隅におちついた。まもなく、若い者たちが集まって来、賑《にぎ》やかに飲みだした。与兵衛だけがみえなかったが、幾造が訊くと、定七が「いろのところだろう」と云った。小平は誰かをくどくつもりらしく、隙《すき》をみてはかれらに話しかけるが、誰も相手にする者はなかった。

「なにか話をしよう」と由之助は定七に云っていた、「こないだの話はよかった、おれはああいう話をするのが好きだ、ああいう話をしたあとは、おれは自分がえらくなったような気持がするんだ」

「腹のほうはどうだ、話で腹のほうもくちくなるか」

「どんな話でもいいんだ」と由之助は熱心に云った、「たとえば、どうしてこの世には将軍さまや乞食《こじき》がいるか、ってことなんかさ」

「どうして女がいるか、ってのはどうだ」

「そいつはだめだ、女の話となると、おめえは悪態をつくばかりだから」

「勝手にしろ」と定七は云った。

「いつもそう思うんだが」と由之助は一と口飲んで定七を見た、「どういうわけでそう女の悪口ばかり云うのか、おれにはとんとげせねえんだが、おめえなにか、恨みでもあるのか」

「ふ、——」と定七は肩を竦《すく》めた、「女なんてみんなけだものだ、鼻もちのならねえほど臭えけだものだ、それっきりのこった」

「そうかもしれねえが、それでもこの世に、女ってものがいなければ、人間が絶えちまやあしねえか」と由之助は云った、「おめえだっておふくろさんが女だったからこそ、この世へ生れてきたんじゃあねえのか」

「おふくろはべつだ」

「おふくろさんは女じゃあなかったのか」

「よせ、——」と云って、定七は眩暈《めまい》にでもおそわれたように、眼をつむり、片手で飯台のふちをつかんだ、「それだけは云うな」と彼はしゃがれ声で云った、「おふくろのことだけは云うな」

「よすよ」と由之助は眼をそむけ、自分の盃に酒を注《つ》ぎながら、そっと呟いた、「こういうのをムジンっていうんだがな」

「ムジンてなあなんだ」と左側にいた政次が訊いた、「無尽講のことか」

「そんなんじゃあねえ、唐《から》の話だ」と由之助が云った、「ずっと昔、唐にムってえ国とジンてえ国があった、そのムとジンとで戦争をしてみろっていうんだが、ところがおめえムとジンとは、じつはおんなじ国のおんなじ人間なんだ」
「おれにはよくわからねえ」
「こうだ」と由之助は向き直った、「——つまり、ムの国の人間はジンの国をけなすし、ジンの国の人間はムの国をけなした、お互いにこっちが天下一だってえわけよ、そこでなんとかいう意地の悪い皇帝がいて、皇帝ってなあ禁裏《きんり》さまみてえなもんなんだが、それが、そんならどっちが天下無敵かためしてみろ、戦争をしてみろってお云いなすった」彼はそこでちょっと上眼づかいをした、「うう、たしかそういうことだったろう」
「それで戦争をやらかしたのか」
「できやしねえさ、同じ国の同じ人間なんだから、つまりこうだ」と由之助は政次のほうへ軀《からだ》を曲げ、声をひそめて云った、「定のやつがいま、女はみんなけだものだって云ったろう、そんならてめえのおふくろもけだものの筈だが、それだけはべつだっていうんだ、そんな理屈があるか」
「それがつまりムジンか、話が少しこみいってて、おれにゃあよくわからねえ」

そのとき与兵衛が帰って来た。

みんなは飲んでいて気がつかなかったが、与兵衛は誰かを抱えてはいって来た。死んだようにぐったりとなった若者を、殆《ほと》んど肩でかつぎながら、店をぬけて、土間を奥へとはいっていった。すると、小部屋の四帖半にいたおみつが気づき、「どうしたの」と呼びかけた。

「う、――」と与兵衛はあいまいに云った、「拾って来たんだ」

「酔ってるのね」

「気を失ってるらしい」と与兵衛は肩をゆりあげた、「踏んだり蹴《け》ったりされていたんで、可哀《かわい》そうなもんだから」

おみつは立って土間へおりた。

「いますぐに灯を持っていくわ」とおみつが云った、「とっつきの部屋がいいでしょ」

幾造が暖簾口から、「なんだ」と云って覗いた。おみつはなんでもないと答えて、行燈に火を移した。親娘の住居《すまい》とは土間を隔てて、六帖の部屋が四つ並んでいた。四部屋とも土間に面しており、その土間は裏へぬけるのであるが、おみつが行燈を持って、とっつきの部屋へゆくと、「うーん」という苦痛の呻《うめ》きが聞えた。

与兵衛は若者を坐《すわ》らせ、その着物をぬがせていた。若者は泥《どろ》だらけで、頭から顔まで、乾きかかった血がこびり付いていた。おみつは行燈をそこへ置き、若者が裸にされるのを見ていた。——若者の肌《はだ》は白く、なめらかであったが、右の脇腹《わきばら》や、肩や腕に、大きな青痣《あおあざ》が幾ところもできていた。おみつは顔色も変えなかった。こんなことには馴れているようすで、与兵衛が傷の有無をしらべ、若者が苦痛のためにするどい呻き声をあげても、その眼をそむけようとさえしなかった。

「軀のほうは打身だけね」とおみつがやがて云った、「その血は頭の傷でしょ」

与兵衛は「らしいな」と云った。

おみつは小部屋から、父の着物と三尺を持って来、それから金盥《かなだらい》に湯を汲《く》んだり、手拭《てぬぐい》や晒《さら》し木綿や、傷薬などを運んで、「あとはあたしがするからいい」と云った。与兵衛はそこをどいて、おみつのすることを暫く見ていたが、やがて、「じゃあ——」と云うと、土間へおり、着替えをするために、自分たちの六帖へはいっていった。

与兵衛が店へ出て、飯台に向って腰をかけると、幾造が、「どうしたんだ」と訊いた、「唯飲《ただの》みだそうだ」と与兵衛は云った、「仲町に平野っていう小料理屋がある」

「おめえのいろのいる店だ」と定七が口をいれた。

「その平野でやられてたんだ」と与兵衛は続けた、「朝から飲みどおしで、一分幾らとかの勘定に一文なし、そのうえ当人が財布を盗まれたというんで」

「ばかな野郎だ」と仙吉が向うから云った、「岡場所でそんなことを云えば、半殺しにされるのはあたりめえじゃねえか」

「子供は黙ってろ」と由之助が云った、「それでおめえ、助けて来たのか」

「ゆきどころがねえっていうんだ」

「宿なしか」と政次が云った、「やくざだな」

与兵衛は「お店者《たなもの》らしい」と云った。

定七は「灘文」の小平にくどかれていた。小平は、こんどの荷は嵩ばらないとか、手当は一人五両ずつ、ことによったらもう少し色をつけよう、などとくいさがった。定七は「気乗りがしねえな」と云うばかりで相手にならず、しまいには返辞もしなくなった。それで、小平は諦《あきら》めたらしく、「じゃあほかを当ってみよう」と、思わせぶりに腰をあげた。

「しようがない、越前堀《えちぜんぼり》か」と小平は聞えるように呟いた、「越前堀の徳兵衛に当ってみるかな」

だがみんな冷淡な、そ知らぬ顔をしていた。小平はすっかりしょげてしまい、やがて、ぐずぐずと不決断に帰っていった。そのすぐあとで突然「金か」とどなる声がした。いちばん隅にいる、例の見知らぬ客であった。

「金か」とその客はどなった、「金ならあるぜ」

みんなそっちへ振向き、店の中がいっときしんとなった。政次の唇の端が、よじれるようにまくれあがって、歯が見え、定七の眼が細くなった。定七の眼は、膜でもかかったように鈍い色を帯び、瞳孔《どうこう》が動かなくなって、上の瞼《まぶた》がさがった。そして、定七が立ちあがると、幾造が「定」と云った。幾造は政次と定七を睨み、するどく「政」と云い、「定、——」と云った。政次は動かずにいた。定七は立ったままで、それからゆっくりと、まるで毀《こわ》れ物でもおろすように、ゆっくりと腰をおろした。

「おれはばかだ」とその客は飯台に凭れて、嗚咽した、「おれは畜生だ、おれは畜生にも劣るやつだ」

みんなはその客から眼をそむけた。

おみつが縄暖簾をくぐって出て来、与兵衛の前へいって、「寝かしたわ」と云った。与兵衛は黙って頷いた。

「頭に晒しを巻いて、頬《ほっ》ぺたや顎《あご》には膏薬《こうやく》を貼《は》っといたわ」とおみつは云った、「よく寝ついたようだから、たいしたことないでしょう」

そしておみつは、隅で嗚咽している客をちょっと見てから、「名は富次郎というそうだ」と云った。

三

それから二日めの、午後二時ころ、——二人の男が吉永町の堀端に立って、その「島」を眺《なが》めていた。朝から鬱陶《うっとう》しく曇った日で、空は鼠色《ねずみいろ》の動かない雲で掩《おお》われ、底冷えのする風が、堀の水を波立たせていた。この辺はもう深川の地はずれにちかく、貧しい家のたてこんでいる吉永町を、ちょっと東へゆくと、田と葦《あし》と沼地とが、砂村新田から中川まで続いていた。

二人のうち、一人は吉永町の夜番で、勝兵衛という老人であったが、一人は四十歳ばかりの、ひとめで、定廻《じょうまわ》りの役人と見当のつく男だった。軀は小づくりであるが、固ぶとりで逞《たくま》しく、きれいに剃刀《かみそり》を当てた顔は、鞣《なめ》した革のような色をしていて、細くてすばやく動く眼と、一文字にひき緊《し》めた薄い唇《くちびる》とが、冷酷な、隙《すき》のない性格をあらわしているようであった。——男は腕組みをした片ほうの手で、肉の厚い顎を撫でながら、老人のほうは見ずに、「こっちが松平さまだな」と云った。堀の向うの、左側が松平大膳《だいぜん》、右側が黒田豊後《ぶんご》、いずれも抱屋敷《かかえやしき》で、塀《へい》はまわしてあるが建物は見えない。その二つの抱屋敷の中に挟《はさ》まれて、その「島」はあった。

「へえ」と勝兵衛は答えた、「そっちが松平さま、こちらが黒田さまでございます」

「中はどうなっている、人はいるのか」

「中がどんなふうか、よく存じませんが、どちらにも番の方がいらっしゃいます」

その「島」は、まさしく島というにふさわしかった。左右の屋敷もそうであるが、「島」の四方は堀で、吉永町のほうにだけ橋が架けてあり、ほかに出入りをするみちがなかった。その辺は堀が縦横に通じており、南へぬければ木場であった。

「いい足場だな、誂《あつら》えたような場所だ」と男は呟《つぶや》いた、「中川から荷を入れるにも、ここから荷を出すにも、堀から堀とぬけてゆけるし、人の眼にもつかない、ふん、まったく申し分のない足場だ」

勝兵衛は「へえ」とあいまいに笑い、横眼で男のようすを見た。男はじっと「島」を見まもった。橋を渡ると、僅《わず》かな空地をおいて、軒の低い古びた家があり、その家のうしろに、板葺《いたぶ》き屋根の小屋が見えている。前の家は左右が櫺子《れんじ》窓で、出入り口の油障子に「安楽亭」と書いてあるのが読めた。——約三百坪ばかりの土地に、建物はその二棟だけで、あとは雑草の生えている空地に、白く乾いた毀《こわ》れ舟が伏せてあったり、放りだされた空樽《あきだる》や、物干し場が眼につくくらいで、いかにも荒涼としたけしきであった。

「あれが安楽亭だな」と男が云った、「――よし、案内しろ」

勝兵衛は「えっ」といい、そして、身じろぎをしながら、髪の灰色になった頭を横に振った。

「どうした、案内するのはいやか」

「それだけはどうか」と老人は云った、「あそこへはへえれねえことになっているもんですから」

「御用でもか」と男が云った。

勝兵衛は「へえ」と頭を垂れた。そのとき安楽亭の中から、娘が一人出て来て、干し物をとりこむのが見えた。着物はじみであるが、端折《はしょ》った裾《すそ》から出ている二布《ふたの》と、かけた襷《たすき》の鮮やかに赤い色とが、荒涼としたけしきの中で、不自然なほど活《い》き活きと、嬌《なま》めかしく眼をひいた。

「あれは安楽亭の女か」

「へえ」と老人が答えた。「おみつといってあのうちのひとり娘でございます」

男は娘を見ていて、それから「よし」と勝兵衛に顎で頷《うなず》き、一人で、ゆっくりと橋を渡っていった。

干し物をおろして、おみつが家の中へはいると、そのうしろから、男も静かにはいっていった。特徴のある静かな歩きぶりで、雪駄《せった》をはいているためもあるだろうが、殆《ほと》んど足音が聞えなかった。男は店の中の土間に立って、あたりを眺めまわした。櫺子窓からさしこむ光りで、店の中は片明りに暗く、コの字なりの飯台も、板壁も柱も、土間の踏み固められた土までも、酒や、煮焼きした物などの、酸敗したしめっぽい匂《にお》いが、しみついているように感じられた。

「おい――」と男が呼んだ、「誰かいないのか」

男は少し待った。奥のほうで人の話すのや、笑う声が聞え、男はもういちど呼んだ。

奥の話し声がやんで、すぐに、暖簾口《のれんぐち》からおみつが覗《のぞ》いた。男はふところから朱房の十手を出し、それをおみつに見せて、「主人を呼んでくれ」と云った。おみつはなにか珍しい物でもみつけたように、男の顔と十手とを眺めていて、やがて、「ちょっと待って下さい」と奥へ引込んだ。

男は飯台のほうへ歩みより、そこへ腰をかけて、十手をこつんと飯台の上へ置いた。まもなく、幾造が縄《なわ》暖簾をかきわけて出て来、男の向うへ来て立った。彼は四十七になるのだが、年よりずっと老《ふ》けてみえ、固く肥えているのに、顔は皺《しわ》だらけであった。

「おまえが幾造だな」男は顎をしゃくった、「奥にいる者に動くなと云え」

「旦那《だんな》」と幾造が呼びかけた。

「動くなと云うんだ」と男が云った。

「その心配はありません」と幾造がおとなしく云った、「私が許さない限り、あいつらは外へ出るようなことは決してありません、しかし旦那、――」

男は「かけろ」というふうに顎をしゃくった。幾造は不審そうな、おちつかない眼つきで男をみつめながら、飯台を隔ててさし向いに腰をおろした。

「八丁堀《はっちょうぼり》の岡島という者だ」

「旦那だということはわかってますが」と幾造が云った、「ここへおいでになっちゃあまずいんです。近藤の旦那がよく御存じの筈《はず》なんだが」

「そうらしいな」と男は云った。その岡島という、八丁堀の同心らしい男は、唇を動かさずに、抑えたような低い声で云った、「ここへは八丁堀の手もはいらなかった。どんな役人もここへ足をいれた者はない、だがそれは今日までのことだ、これからはそうはいかないぞ」

「近藤さまが御存じなんですがね」

「近藤のことは諦《あきら》めろ、彼はお城詰めになった」と岡島は飯台の上へ片肱《かたひじ》をつき、からかうような眼で幾造を見た、「あいつは利巧者だし、いい金蔓《かねづる》があったようだ、相当な金蔓だったらしい、それであいつはうまくのしあがった、ひらりっとな」彼は肱をついたほうの手先をひらっと振った、「あいつはおれより年が下だが、与力《よりき》にあげられ、こんどはお城詰めになった、おれだっていつまで同心でいたいわけじゃないんだ」

幾造は振向いて、「おみつ」と呼び、おみつが暖簾口から覗くと、すばやく眼くばせをした。

「おい、幾造――」と岡島が云った、「近藤はなにを知ってたんだ、あいつはなにを御存じだったんだ」

幾造はちょっと黙っていて、それから、「ここにいる若いやつらのことです」と云った。岡島は肱をついたまま、手をそっと飯台の上へおろして、「ふん」といった。

「あいつらのことはわかってる」と岡島は指で飯台を叩《たた》いた、「ついこのあいだ、さるところで二人を片づけた」

幾造は眼を伏せた。

「二人とも死んだが、手向いをしたからだ、あいつらは骨の髄からの悪党だ」

「悪党というより、けものに近いやつらです」

岡島は、「けもの」と云って幾造を見た。

「あいつらは人間じゃあありません、もちろん五躰《ごたい》は満足だし、見たところはほかの人間と同じだが、考えることやすることはけものも同様です」と幾造が云った、「――一つだけあげても、あいつらは悪いことをしながら、それが悪いことだとは思わない、どんな悪いことをしても、悪いことをしたとは決して思わねえのです、しかも、親の躾《しつけ》がわるかったとか、まわりの者にそそのかされたとか、飢えていたからとかいうのではなく、初めからそういう性分に生れついているんです」

育ちや環境のために悪くなったのなら、それを変えれば撓《た》め直すこともできよう。だがかれらはそうではない。かれらには生れつき自制心がなく、衝動を抑える力がない。仕事をしようとする意志も、能力もないし、極度にまで自己中心で、他人と融和することができない、と幾造は云った。――おみつが酒肴《しゅこう》をのせた盆を持って出て来、それを岡島の前へ置いて去った。幾造は燗徳利《かんどくり》を持って、「お茶代りに一つ」と云い、岡島は黙って盃《さかずき》を取った。

「云ってみればあいつらは片輪者です」と幾造は続けた、「躯の片輪な者はべつに悪事もせず世間の人も気の毒がってくれるが、性分の片輪な人間は哀れなものです、世間へ出てもまともに生きることができない、世間でもあいつらを庇《かば》ってはくれないし、あいつらも世間と折合ってゆくことができねえのです」

しかも、それはかれらの罪ではない。かれらが好んでそういう人間になったのではなく、そんな人間に「生れた」のである。することなすことが世間と抵触するため、かれらは人間をも世間をも信じなくなった。かれらはなかまと寄りかたまる、だが、なかま同志でも決してうちとけない。寄り集まっていながら、一人一人がまったく孤独で、心からうちとけるということがない。愛情には人一倍飢えているが、その愛情でさえも信じないのである、と幾造は云った。

「あいつらはすぐ独りになります」と幾造は岡島に酌《しゃく》をしてやりながら続けた、「いまここでなかまと話していたかと思うと、すっと出ていって、河岸《かし》っぷちに独りでしゃがみこんだまま、じっと水を眺めていたり、草の中で寝ころんで、いつまでも空を見ていたりするんです、――そういうときのあいつらの姿は、ちょうど山のけものが山を恋しがっている、っていうふうに私には思えるんですよ」

四

岡島は手酌で飲んだ。

「あいつらは世間へは出せません」と幾造は続けて云った、「もしもお上《かみ》でひとまとめにして、どこかの島ででも暮すようにすればいいが、このまま放っておけば世間に迷惑をかけるばかりです」

「それでおまえが面倒をみているというのか」

「近藤の旦那が御存じですよ」と幾造は頷いた、「私があいつらを押えている、世間へ出て悪いことをしないように、私があいつらを引受ける、そう旦那にお約束したんです」

「そして抜荷《ぬけに》をやらせるのか」

岡島の声は低かったが、その調子は剃刀の刃のように冷たく、するどかった。幾造は深く息を吸いこみ、それからゆっくりとその息を吐いた。

「お説教は聞いた、説教は聞いたが、おれは近藤じゃあねえ」と岡島は伝法に云った、「おれはそんな説教を聞いて、はした金を握らされてひきさがるような人間じゃあねえんだ、幾造、おれはみんな知ってるんだぞ」

幾造は黙っていた。

「中川へ抜荷船がはいる、その荷をおろすのはこのうちのやつらだ」と岡島が云った、「おろした荷はここへ運んで来て、必要なときまで隠しておき、そのときになればここから運び出す、荷主は呉服橋そとの灘文、灘屋文五郎だということもわかっているんだ」

幾造は首をかしげた、「灘屋というと、公儀をはじめ大名がたの御用達をしている、あの店のことですかい」

岡島がさっと十手を取った。非常にすばやい動作で、さっと、朱房の十手をつかみ、そして立ちあがった、幾造はそれには眼もくれず、うしろへ振向いて「おみつ」と云った。「はい」と返辞が聞えた、「いま持ってゆきます」

岡島は十手の尖《さき》を、そっと飯台におろした。こつんという音がし、彼はじっと幾造を見まもったが、すぐに、ひきむすんだ唇がゆるみ、彼はあたりを眺めまわした。

「このうちの本業は」と岡島はちがった声で云った、「縄蓆《なわむしろ》の売買だったな」

「酒と一膳飯《いちぜんめし》のほうも繁昌《はんじょう》してます」

おみつが出て来た。燗徳利をのせた盆を持っていて、こっちへ来、岡島の前へ徳利を置いて、黙って奥へ去った。そのとき、奥で時計の鳴る音がした。

「あれは時計だな」と岡島が云った。

「そうだそうです」

「縄薦と一膳飯でか、――時計は大名道具だぞ」

「預かり物でしてね」と幾造は燗徳利を持った、「熱いのが来ました」

「家の中を見よう」と岡島が云った。

幾造は静かに頭を振った。

「家の中を見るんだ」と岡島は云った、「それとも、見せることはできないというのか」

幾造は燗徳利を置いた、「およしなすったほうがいい、危のうございますぜ」

「案内をしろ」

「危のうございますよ」

岡島は幾造を睨《にら》んでいて、それから、土間を奥のほうへまわっていった。幾造が腰かけたまま「定、――」と呼んだ。岡島がはいってゆくと若い者たちがそこに並んでいた。仙吉だけは見えず、他の五人が、小部屋のあがり框《がまち》に腰をかけていた。岡島は右手に十手を持ったまま、そっちへいって、かれらの前で立停《たちどま》った。五人はまったく無表情に彼を眺め、彼は端から順に、五人を仔細《しさい》に見ていった。

「おい」と彼は与兵衛に云った、「おまえの名を云え、名前はなんというんだ」

与兵衛は自分の名を告げ、問われるままに年も二十八だと、正直に云った。源三も、政次も、冷やかに名と年齢を答えたが、由之助はとぼけた。

「名前ですか」と由之助は首をかしげた、「よく覚えてねえんだが、みんなは由公っていってますよ」

「どこの生れで、年は幾つだ」

「そいつは難題だ」と由之助は他の四人を見た、「誰か知ってるか」

政次が「おんばそだちさ」と云い、由之助は「ちげえねえ」と頷いてくすくす笑った。すると定七が欠伸《あくび》をして立ちあがり、岡島が「おい」と呼びかけた。定七はゆっくりと振向いた。

「おまえの名はなんていうんだ」

「おれか」と定七がま伸びのした口ぶりで答えた、「名は定七、年は二十六だ、——なにか用か」

いきなり、岡島は彼に平手打ちをくわせた。一歩前へ出ながら十手を左へ持ち替え、右手をあげて定七の頬《ほお》を殴った。動作もすばやかったし、力のはいった殴りかたで、ぱしっという高い音と同時に、定七の軀がぐらっとかしいだ。

「御用だぞ、まともな返答をしろ」

みんなが急に沈黙し、動かなくなった。みんな急に温和《おとな》しくなったようにみえた。与兵衛は静かに顔をそむけ、源三は頭を垂れた。政次の唇がまくれて、白い歯が見え、定七の眼が細くなった。眸子《ひとみ》がねむたげに曇り、上の瞼《まぶた》がさがった。暖簾口にいたおみつが店へ出てゆき、幾造が覗いて、「定」と云った。定七は岡島をみつめたま
ま、垂れている手の、手先だけ、ゆっくりと幾造に振ってみせた。

「定七」と幾造が云った。

「なんでもねえんだ」と定七が云った、「この旦那がちょっと景気をつけただけさ。旦那、なにか用があるんでしょう、家捜しをするんじゃあねえんですか」

岡島は冷笑した。幾造は引込み、岡島は定七から他の四人へと、順に眼を移しながら、云った。

「念のために云っておくが、この島へ来るには来るだけの手が打ってあるんだ、油を背負って火の中へとびこむほど抜けちゃあいねえ」そして彼はふところから、紐《ひも》の付いた呼子笛《よびこ》を出して、みんなに見せた、「こいつが鳴るのを待ちかねている人数がある。それを忘れるな」

「ゆき届いた旦那だ」と云って、由之助がくすくす笑った。

「葬式にも手不足はねえさ」と政次が云った。岡島は二人を睨んだ。岡島は塵《ちり》ほどの弱みもみせなかった。鞣《なめ》した革のような色艶《いろつや》の顔は、依然として無表情に冷たく、薄い唇にもするどい眼つきにも、動揺の色は少しもなかった。彼はもういちどあたりを見まわしてから、「案内しろ」と定七に顎《あご》をしゃくった。

岡島は念入りにしらべた。土間に沿って並んだ四つの部屋を、いちいちあがって、押入や納戸《なんど》の隅《すみ》までさぐった。とっつきの六帖《じょう》には、富次郎という若者が寝ていたが、頭を巻いた晒《さら》しの木綿や、頬や顎に貼《は》ってある膏薬《こうやく》を見ると、岡島はふんと鼻を鳴らし、「十手をくらったな」と呟《つぶや》いて、「起きろ」と云った。富次郎は怯《おび》えたような顔になり、定七を見ながら起きあがったが、岡島は夜具をどけて、その下をしらべると、富次郎には眼もくれずに土間へおりた。――それから、幾造とおみつの部屋を捜したあと、四人の者に、「動くんじゃあねえぞ」と云って、土間を裏へとぬけていった。裏の戸口から三間ばかりはなれて、低い二階造りの、がっちりとした板張りの小屋が建っていた。二階の左右に、金網を張った窓があり、下の入口の引戸はあけたままで、薄暗いがらんとした土間が、外から見えていた。

岡島は小屋の周囲をまわった。縦に長い三百坪ばかりのその「島」には、安楽亭の店と小屋のほかに建物はなく、砂礫《されき》や貝殻《かいがら》まじりの空地には、枯れかかった雑草が、ところ斑《まだら》に生えていた、堀端をまわってゆくと、南側に小さな荷揚げ場があって、そこに小舟が三艘《そう》もやってあるのを、岡島は見た。荷揚げ場は小さいが、石でたたんだ段があり、岸に沿って舟を繋《つな》ぐための、太い杭《くい》が五本ばかり並んでいた。――岡島は振返って、小屋のほうを見やった。荷揚げ場から小屋までの、距離を目測したらしい、定七は黙って眺めていた。

「よし」と岡島は頷いた、「小屋の中を見よう」

二人は引返した。

小屋の中は薄暗く、ひんやりしていて、半分は土間、半分は板張りの床になっており、土間には藁屑《わらくず》や、縄の切れっ端などがちらかっていた。岡島は土間の隅ずみを眺め、それから床の上へあがって、床板を踏んで歩いた。あげ蓋《ぶた》でも捜すらしい。そうして、二階へあがる梯子《はしご》を見た。

「荷はこの上にあるのか」

「なんの荷です」と定七が訊《き》き返した。

「中川から積みおろして来た抜荷よ」

定七がゆっくり答えた、「あがってみたらいいでしょう」

「先へあがれ」

定七は相手を見、唇で微笑しながら、先に梯子を登っていった。

二階も板張りに板壁で、左右の窓からはいる光りが、積みあげてある繩束や蓆を、明るく照らしていた。岡島はするどい眼であたりを眺めまわし、そこと見当をつけたのだろう、積んである蓆の側《そば》へ歩みより、持っている十手を、その蓆の中へさし込んだ。そのとき、定七がうしろへ忍びよった。猫のように柔軟な動きで、すっと近よってゆき、ふところから右手を出した。九寸五分の匕首《あいくち》がきらっと光り、定七は身を跼《かが》めると、岡島の軀《からだ》へうしろからぶっつかって、ぐいと強く腰をあげた。両手で、なにかを持ちあげるような動作で、そのまま、岡島の軀を蓆へ押しつけた。岡島は声もあげず、抵抗もしなかった。蓆へ押しつけられたまま、やがて、喉《のど》から溜息《ためいき》のような息がもれ、硬直した軀から、しだいに、力のぬけてゆくのが感じられた。定七がはなれると、岡島の軀はずるずると横倒しになり、背中の右の、ちょうど帯のすぐ上のところに、突刺さっている匕首の柄《つか》が見えた。

定七は脇《わき》のほうへ唾《つば》を吐き、さばさばしたような眼で、暫《しばら》く岡島の軀を見まもっていたが、やがて岡島のふところをさぐって、呼子笛を取り出すと、窓のところへゆき、外へ向ってするどく、その呼子笛を吹いた。

五

定七は呼子笛を三度吹いて、外のもの音に耳をすました。まもなく、下へ走りこんで来る人のけはいがし、「ここだ」と定七が呼ぶと、政次と由之助が梯子を登って来た。かれらはすぐに、倒れている岡島をみつけ、由之助が「へえ」といいながら近よっていった。

「こいつが呼子笛を吹きゃあがったのか」

「吹いたのはおれだ」

「おめえだって」と政次が定七を見た、「どうしてだ」

「触るな由公」と定七が云《い》った、「匕首はそのままにしておけ」

「もういっちゃってるぜ」

「そっとしておけ、いま抜くと床がよごれるんだ」と云って、定七は持っていた呼子笛を、岡島の頭のところへ放りだした、「――捕方《とりかた》が待っているなんて云やあがって、こんなこったろうと思った」

「それでためしたのか」

「わかってたさ」と云って定七は、さっき殴られた頰へ手をやった、「ふん、あめえ野郎だ」

三人は下へおりていった。

店にはあの客が来て、飲んでいた。定七は「手を洗って来る」と云って、表へ出ていった。幾造はちらっと見ただけで、なにも云わずに酒の燗をつけていた。そのとき、――おみつは釜場《かまば》で飯を炊《た》いていて、政次と由之助が、小部屋へあがるのを見た。二人は呼子笛の鳴るまで、与兵衛や源三たちと、そこで賽《さい》ころ博奕《ばくち》をしていたのである。おみつは二人を見て、なにか訊きたげに立ちあがったが、そっと首を振っただけで、また竈《かまど》の前に跼んだ。すると、とっつきの六帖の障子をあけて、富次郎という若者が、土間へおりて来た。

「済みません」と彼はおみつの側へ来て云った、「お世話になりました」

おみつは振返り、「どうしたの」と訝《いぶか》しそうに彼を見た。

「いつまでお世話になってもいられませんから」と富次郎は口ごもった、「もうそろそろ、なにしようと思いまして」

おみつは竈の火をひいた。釜がふきだしたので、燃えている薪《まき》を取り出し、一本ずつ桶《おけ》の水で消すと、熾《おき》のぐあいを覗き、釜の蓋をずらして、立ちあがった。

「どこへ帰るの」おみつが訊いた、「あんたゆくところがないって云ったじゃないの」

富次郎は俯《うつむ》いて、片手を腿《もも》へこすりつけた。おみつはじっと彼を見て、彼が岡島という同心の来たことで、怯えているのだと推察した。

「どこかゆくところがあるの」

「ええ」と富次郎は聞きとれないくらいの声で答えた、「自首して出ようと思って」

おみつはなお、彼の顔をみつめていた。

「いまあんな人が来たからね、そうでしょ」

俯向いている富次郎の、白い晒し木綿を巻いた頭が、土間の薄暗い光りの中で、かすかに頷《うなず》いた。

「いったい、なにをしたの」

彼はおずおずと云った、「主人の金を、遣いこんだんです」

「どのくらい」

「十五両」と彼は低く、呻《うめ》くように云った、「十五両に少し欠けるだけです」

「どうしてまた」とおみつが溜息をついた、「――なんでまたそんなに遣っちゃったの」

彼は答えなかった。なにかわけがあるのね、とおみつが訊いた。彼は黙っていて、それから重たげに手をあげ、手の甲でそっと眼《め》を拭《ふ》いた。

「云えないようなわけがあるの」

富次郎は首を振った。

「あがってらっしゃい」とおみつが云った、「自首するつもりならいそぐことはないわ、あとであたしにわけを話してちょうだい」

そして、いまの役人のことなら心配には及ばないと、安心させるように付け加えた。富次郎が部屋へ戻ると、おみつは釜の蓋を直して、暖簾口から店を覗いた。

店には定七が帰っており、飯台のところに立って、幾造になにか見せていた。

「裏の堀に落ちてたんだ」と定七は云っていた、「水へ落ちて、ばしゃばしゃやってたんだ、それで揚げ場の石段のところへいって、おれが手をこう出して呼んだら、ばしゃばしゃこっちへやって来たんだ」

「まだこどもだな」と幾造が云った、「満足に飛べなかったんだろう」

「どうして堀なんかへおっこちたんだろう、親はいっしょじゃあなかったのかな、どうしよう、親方」

「おふくろが捜してるよ」と隅《すみ》にいるあの客が云った、「きっとおふくろが捜してる、きっと気違いみたいになってるぜ」

おみつは店へ出ていった。定七は手にのせているものを見せた。彼の手の中で、一羽の子雀《こすずめ》が、濡《ぬ》れて毛羽立って、ふるえていた。定七はおみつにも同じことを話した。おみつは指で、そっと子雀に触ってみながら、「呼んだら来たって、なんていって呼んだの」と訊いた。

「手をこう出して」と定七が云った、「ちょっちょっていったんだ」

「猫を呼ぶみたいじゃないの」

「それでも来たんだ、助けてもらえると思ったんだな、きっと、――ひどくふるえてるが、どうしよう」

「おふくろが捜しに来るよ」と隅にいる客が云った、「庇《ひさし》の上へ目笊《めざる》で伏せておけばいい、きっとおふくろが捜しに来るから、そのとき笊から出してやればいいんだ」

定七は客のほうへ振向き、それから幾造の顔を見た。そうしてみな、と幾造が頷き、客は「朝になってからだぜ」と云った。定七はおみつに、目笊を貸してくれ、と云いながら、土間をまわって釜場のほうへいった。

「朝になってからだぜ」と客がうしろから念を押した、「気をつけねえと猫だの鳶《とんび》なんぞに狙《ねら》われるぜ」

そしてその客は頭をぐらぐらさせ、きっとおふくろが捜しに来る、と呟いた。鳥でもけものでも、人間と同じことだ、「母親というものはそういうものだ」と独り言のように呟き、それから、だらしなく飯台へ俯伏してしまった。

　夜の八時ころ、――定七は由之助を伴《つ》れて、裏から外へ出ていった。

「潮はひくさかりだ」と出てゆきながら定七が云った、「二つ入《いり》のみお（澪木《みおぎ》）で流せばいいだろう」

　おみつはそれをとっつきの六帖で聞き、あれを片づけにゆくのだなと思った。おみつは少しまえから、その六帖で富次郎と話していた。――富次郎は芝新網《しばしんあみ》の生れで、今年二十三歳になる。親は小さな下駄《げた》屋であったが、彼は十一の年に、日本橋槙町《まきちょう》の近江屋《おうみや》という質屋へ奉公に出た。彼は六人きょうだいの二男で、末にはまだ七歳の弟がいた。三年まえに父が死んだあと、母と兄とで下駄屋を続け、あと三人の弟と妹とは、それぞれ奉公に出ていた。

「私はあと一年お礼奉公をすれば、暖簾を分けてもらえるんです」と富次郎は云った、「うちへ仕送りをしたので、店を持つほど金は溜《た》まりませんでした、それでも主人が貸してくれるので、戸納質《とだなじち》から始めるつもりだったし、おふくろや兄は、それを頼みの綱のように待っているんです」

　そこへ思わぬことが起こった。

同じ新網の裏長屋に、幼な馴染《なじみ》のおきわという娘がいた。父親はきまった職がなく、酒好きの怠け者で、暮しは母の賃仕事で立てていた。母親はおろくといい、軀が逞《たくま》しく、はきはきした性分で、「子供が一人きりだというだけがめっけもんさ」などというほかは、ぐちらしいことも云わずに、よく稼《かせ》いだ。

富次郎は少年のころからおきわが好きであった。おきわのほうでも好きだったらしい、彼が藪入《やぶい》りで帰るたびに、付いてまわって離れず、「あたし富ちゃんのあんちゃんのお嫁になるのよ」などとよく云ったものであった。もちろんそれはごく小さいじぶんのことであるが、育ってゆく彼女を見るにしたがって、富次郎もまた「おきわを嫁にもらおう」と思うようになった。

「はっきり口に出して云ったことはありませんが、去年の暮にうちへ帰ったとき、年期があけたことと、お礼奉公が済んだら、小さくとも店を出すことができる、と話したんですが、そのときのようすで、私の気持がわかったように思いました」

そしてつい七日まえ、昏《く》れがたになって、おきわが近江屋へ彼を訪ねて来た。それまでに三度ほど来たことがあるので、べつに気にもとめず、かかっていた用を片づけてから、勝手口へいってみた。おきわは暗い庇合《ひあわい》に立っていたが、「済みません、ちょっと」と云って路次を出ていった。ようすがいつもと違うので、富次郎もそこにあった下駄をつっかけて、あとを追った。

おきわはおちつかない足つきで、外堀のほうへゆき、人けのない堀端で立停《たちどま》った。

――どうしたんだ、なにかあったのか。

富次郎が訊くと、おきわは前掛で顔を掩《おお》って、泣きだした。暫《しばら》くはなにを訊いてもただ泣くばかりだったが、やがて、「あたし売られるの」と云った。

――あたし売られるのよ。

そう云って、またひとしきり泣き続けた。

富次郎には知らせなかったが、夏のはじめに母が倒れた。母親のおろくは仕立物を届けにいって、帰る途中で倒れ、戸板で担《かつ》ぎこまれたが、半身不随になっていた。その母が死んだ。一昨夜の十時ごろ、煎薬《せんやく》を飲むと噎《む》せて、激しく咳《せ》きこんだと思ったら、それで急変してあっけなく死んでしまった。

――ちっとも知らなかった。

と富次郎が云った。

――けれども、それでどうして、おきわちゃんが身を売るんだ。

六

母親が倒れてからも、父の亀吉の怠け癖は治らなかった。ときたま僅《わず》かな銭を稼いでは来るが、あとはおきわに任せきりであった。そのあいだの家賃や、医薬代や、米屋、酒屋などの借金が溜まって、おろくの葬式を出すこともできない始末になっていた。

そして昨夜、亀吉はおきわに身売りの相談をした。相談とは口先のことで、すでに女衒《ぜげん》と話が纏《まと》まり、内金として五両受取っていた。

——あたし明日、その人につれてゆかれるんです、それでひとめ逢《あ》ってゆきたいと思ったものですから……。

そう云っておきわは微笑した。泣いたりなんかしてごめんなさい、こんなこと話すつもりではなかったのよ、ただひとめ逢っておきたかっただけよ、とおきわがいった。富次郎は逆上したようになり、おきわの肩をつかんで、「そんなことはだめだ」そんなことをさせるものか、金は幾らだ、とどなった。

——私はおまえを嫁にもらうつもりでいた、だから、もうすぐ店が出せるということも話しにいったんだ、わからなかったのか。

——わかってたわ、あたしうれしかったのよ。

おきわはまた微笑した。うれしかったけれども、本当にそうなれるような気はしなかった。それまでになにか悪いことが起こるだろう。きっとなにか邪魔がはいって、いっしょになることはできないだろう。そんな気がしていたのだ、とおきわは云った。富次郎は彼女の肩をつかんでゆすぶり、「金は幾らだ」と訊き続けた。

——おまえに身売りなんかさせやしない、金は私が都合する、幾らあればいいんだ。

おきわが父から聞いた額は十二両だった。富次郎は「よし」と云った。今夜というわけにもいかないが、明日の、おそくも午《ひる》までには持ってゆく。必ず持ってゆくから、それまで決して動くな、誰になんと云われても家から出ずにいてくれ、と念を押した。

「そうして、おきわに別れて店へ戻ると、私はすぐにそのことを主人に話しました」

主人はものわかりのいい人で、店の者たちにはもちろん、同業者なかまでも徳人といわれていた。しかし、富次郎の話を聞くと、首を振った。そんなたいまいな金は出せない、というのである。富次郎はとりのぼせていたから、「十二年も奉公していて預けた金もある、その金なら渡してもらえる筈《はず》だ」と云った。

——金ではない、おまえの一生のことだ。

と主人が云った。質屋というものは、ほかの商売と違って僅かな利息で稼ぐものだ。そんな父親が付いていれば、ここで十二両渡してもそれだけでは済まない。これからさきも必ずせびりに来るだろう、そうなれば夫婦の仲だってうまくはゆかなくなる。世間には幾らでも例のあることだ、その娘のことは諦《あきら》めるがいい、と主人は云った。

「私には返す言葉がありませんでした」

主人の云うとおりである。妻が生きているうちは妻に稼がせ、妻が死ねば、三日と経《た》たないうちに娘を売ろうとする。そんな父親の付いた娘をもらって、家がおさまってゆく筈はない。慥《たし》かにそのとおりであるが、それだからこそおきわが哀れだった。さきのことはともあれ、そんな父親のために、おきわは身を売られようとしている、「いま売られようとしている」のである。おきわの一生がいま、めちゃめちゃになろうとしているのだ。

「私は決心しました」と彼は云った、「主人に預けた金は十両にちょっと欠けますが、店を出すときには、溜めただけの金高を、主人からべつに貸してくれることになっているんです、もちろんそれは利を付けて返すのですが、とにかく、私の分として二十両ちかい金がある筈なんです」

おみつは黙って頷いた。

「私は金を持ち出そうと思いました」

だが主人も彼の気持を察したとみえて、翌日いっぱい、その隙《すき》を与えなかった。富次郎は身を灼《や》かれるような気持で刻《とき》を過したが、日が昏《く》れてからまもなく、ほんの僅かな機会に帳場から金を取り出し、そのまま夢中で新網へ駆けつけた。

「おきわはいませんでした」と富次郎は頭を垂れた、「家には親の亀吉と、知らない男が二人とで酒を飲んでいて、おきわはもういってしまった、おきわにちょっかいを出すな、と云うだけなんです」

彼はおきわの売られた先を訊いた。女衒の宿も訊いたが、亀吉はなにも知らないの一点張りで、そのうちに男の一人が口をはさみ、「おれは鍾馗《しょうき》の権六《ごんろく》という人間だが、いんねんをつけるならおれが相手になろう」と云いだした。

「とてもだめだと思って、私はそれから捜しにかかったのです」と彼は続けた、「近くの神明《しんめい》から始めて、廓《くるわ》、岡場所を次つぎに廻《まわ》りました、私はそういう場所を知りませんから、駕籠《かご》に乗って、駕籠屋におしえてもらい、組合や会所で訊いてから、それとおぼしい家を訪ねたんです」

「むりだわね」とおみつが首を振った、「——それですっかりお金を遣っちゃったのね」

「深川へ来たときには、まだ少し残っていたんです」と彼は弱よわしく云った、「まだ二両ちかく持っていた筈なんですが」

「むりだわ、そんなこと」とおみつが云った、「そんなふうに捜しまわって、たとえその家にぶっつかったところで、ここにいるなんて云いっこないわ」

「じゃあ、ほかにどうしたらいいでしょう」

「遣ったお金は十五両ね」と云って、おみつはなにか考えるような眼つきをした、「——お店へは帰れないわね」

「自首して出るほうがましです」

「ちょっと待って」とおみつは眼をあげた、「あんたいま、鍾馗のなんとかって云ったわね」

「権六、たしか鍾馗の権六といいました」

おみつは口の中で、その名を繰り返し呟《つぶや》いた。富次郎は俯向き、借り着の袷《あわせ》の褄《つま》を、ふるえる指で撫《な》でた。

「その晒《さら》しを取替えましょう」とやがておみつが立ちあがった、「そしてもう寝るほうがいいわ、もしかするとおきわさんのいる家がわかるかもしれないから、あんまり気を病まないようにしていらっしゃい」

富次郎はびっくりしたようにおみつを見た。

「もしかしたらよ」とおみつは云った、「——いま晒しと薬を取って来るわ」

十時ちかくになって、定七と由之助が帰って来たとき、隅《すみ》にいた見知らぬ客が、いつもの「金はあるぜ」をどなっていた。五十、百の金がなんだ、金なんてくそみてえなもんだ、「欲しけりゃあ呉《く》れてやるぜ」などと喚《わめ》き、泥酔《でいすい》のあまり土間へ転げ落ちた。——そこには与兵衛と源三、政次と仙吉がい、「灘文」の小平が来ていた。かれらは飯台に向って飲んでいたが、その客には眼もくれなかった。どなる声にも耳を貸さず、土間へ転げ落ちても知らぬ顔でいた。

小平は次の荷《に》操《と》りを告げに来たもので品書を幾造に渡すとまもなく、定七たちと入れ違いに帰っていったが、帰り際《ぎわ》になってから、「荷おろしを頼めないだろうか」と云った。

こんども誰も返事をしなかった。

「船は三四日うちにはいるんだ」と小平はくどいた、「荷は嵩《かさ》のないものだから、五人でいけなければ三人でもいいんだ」

「越前堀はどうしたんだ」とからかうように政次が訊いた、「越前堀が請負ったんじゃねえのか」

「ねえ親方、頼むよ」と小平は幾造に云った、「三人でもいいんだ、三人でも五人分の手当を出すがね、どうだろう親方」

幾造は答えなかった。小平は与兵衛を見、政次を見た。かれらはそっぽを向いたまま飲んでおり、土間にころげている客が、みじめに嗚咽《おえつ》し始めた。小平はしょげて、「じゃあまた、――」と云って出ていった。

定七と由之助が、奥から手を拭きながら出て来、飯台に向って腰をおろすと、定七が与兵衛を見て、「おめえ権のやつを知ってたな」と訊いた。与兵衛は振向いて定七を見た。

「権、――権六か」

「いまおみつさんに訊かれたんだ、おめえ知ってたんじゃねえのか」

「知ってた」と与兵衛が云った。

「鍾馗の権六ってんだっけな」

「いやな野郎だ」

「女衒をやってやあしねえか」

与兵衛は自分の盃に酒を注《つ》いだ、「どうだかな、そのくらいのことはやりかねねえ野郎だが、うん、やりかねねえな」

「いどころはわかるか」

「わからねえことはねえだろうが、野郎に用でもあるのか」

「おみつさんに聞いてくれ」と定七は云った、「おめえの伴《つ》れて来た男、富次郎とかいうあの男のことで、――まあいいや、おみつさんから聞いてくれ」

幾造が彼と由之助の前に、酒と肴《さかな》を出してやった。土間にころげている客の、嗚咽の声が、そのまま荒い鼾《いびき》に変っていた。

明くる朝。定七は店の東側に立って、庇の上を見あげていた。庇の上には、目笊をかぶせた四角な板がのせてあり、その中には昨日の子雀がはいっていた。子雀は小さくふくらんだまま、鳴きも動きもせず、さっきからじっと身をちぢめている。小さな、まだ黄色っぽい嘴《くちばし》のすぐ前に、飯粒の固まりが置いてあるが、それさえ啄《ついば》もうとはしなかった。

「待ってな」と定七は呟いた、「いまにおっ母さんが来るからな、おめえ鳴けばいいんだがな、鳴けばおっ母さんに聞えるんだが、――おめえ鳴けねえのか」

店から与兵衛とおみつが出て来た。与兵衛はまっすぐに橋を渡ってゆき、おみつはごみ箱のほうへ来て、定七をみつけた。

七

おみつは勝手のごみを捨てると、「あきれた人ね」と云《い》いながら、定七のほうへ近よって来た、「いつまで立って見ているの」

「まだ親が来ねえんだ」と定七は庇《ひさし》の上をみつめたまま云った、「こいつが鳴かねえもんだから、親にわからねえんじゃねえかと思うんだ」

「わかったって人間が側《そば》にいたんじゃあ来やしないわよ、はいってらっしゃいな」

定七は口ごもって云った、「だっておめえ、猫だの鳶《とんび》なんかが狙うって云ったぜ、あの大きな三毛のやつは悪い猫だからな」

「人間がいちゃあ親は来ないことよ」

「はなれていればいいか」

定七は独り言のように云うと、足もとから石ころを幾つか拾い、堀端のほうへはなれていって、そこに伏せてある毀《こわ》れた小舟へ腰をおろした。おみつは笑って、「あきれた人だ」と云いながら、店の中へはいっていった。

その夜十時ごろ、与兵衛が帰って来たとき、店の中はがらんとしていた。源三が飲んでおり、おみつが燗番《かんばん》をしているだけで、いつも隅へ陣どるあの客もみえなかった。

「そうか」とはいって来るなり与兵衛は云った、「今夜は荷操《にと》りだったな、もう舟は出ちゃったろうか」

「まだでしょう、お父っさんがまだ裏にいるから」とおみつが云った、「どうだったの、みつかって」

「うん、あとで話す」

そう云って与兵衛は裏へ出ていった。

小屋のところまでゆくと、荷揚げ場のところに提灯《ちょうちん》の光りと、人の動いている姿が見えた。与兵衛は走っていった。そこには仙吉と政次がいて、政次はこっちへ来ようとするところだった。与兵衛が「定は」と訊くと、小屋で荷を出しているという。与兵衛は政次といっしょに戻り、小屋の中へはいった。幾造と定七は二階で、大きな絨《じゅう》毯《たん》を包んでいるところだった。

「おそくなっちまった」と与兵衛が云った。

「今夜はおれと政でいいんだ」と定七が云った、「どうかしたのか」

「あいつがみつかったんだ」

「みつかったって、誰が」

「鍾馗の権六だ」と与兵衛が云った、「それから娘のいどころもわかった」

定七は訝《いぶか》しそうに与兵衛を見た。そして初めて思いだしたように、「そうか」と頷《うなず》き、包んだ絨毯へ縄をかけた。

「それで相談があるんだ」と与兵衛が云った、「小平の話の荷おろしをやろうと思うんだが、どうだろう」

「危ねえな、危ねえもんだな」と定七は身を起こしながら云った、「正太と安公のときはひどかったぜ、おれはまだあれが眼《め》についてはなれねえんだ」

「おれたちに危なくねえ橋はねえさ」

定七は与兵衛の顔をみつめた、「なにかわけがあるのか」

「手当の三十両だ」

幾造は黙って蓆《むしろ》を直していた。荷を出したあとへ、元のように蓆を積みあげ、蓆の端をまっすぐになるように直した。定七はなお与兵衛をみつめたまま、「娘の身《み》の代《しろ》金《きん》か」と訊いた。

「二十両だ」と与兵衛が答えた、「娘はまだ無垢《むく》だった、もう二三日客へ出すなと断わって来たんだ」

幾造は横眼で定七を見ていた。定七はやがてあっさり頷いた。

「じゃあそう云おう」と定七は云った、「これからいって、小平に会ったら云うよ」

「気がすすまねえんじゃあねえだろうな」

「危なくねえ橋はねえさ」と云って、定七は包を肩へ担《かつ》いだ、「小平にそう云うよ」

三人は下へおりた。

定七と政次は舟のほうへ去り、幾造と与兵衛は家へ戻った。与兵衛が土間をまわって店へゆき、飯台に向って腰をおろすと、仙吉が駆けこんで来て、「腹がへった」と云った。

「腹ばかりへらしてやがる」と源三が珍しく口をきいた、「飯なら向うで喰《た》べろ」

「そして寝ちまえか」と仙吉が云った、「いいつらの皮だ」

おみつが酒と肴を持って、与兵衛の向うへ来、酌《しゃく》をしながら、「どうだったの」と訊いた。与兵衛はうんといって、静かに二つ飲み、盃を持ったまま、おみつを見た。

「権を捜すのに手間がとれた、糸をたぐっていったら、ばかな話でこっちにいやあがった」と与兵衛は云った、「櫓下《やぐらした》に瘤金《こぶきん》ていう女衒《ぜげん》がいるんだが、そこのめしをくってたんだ」

「それでおきわさんていう娘は」

「本所の安宅《あたけ》だった」

「岡場所なのね」

「岡場所だ」と与兵衛は頷いた、「さんぴんだの折助がはばをきかすところだ」

おみつは彼に酌をし、幾造は黙って、酒の燗をしていた。

与兵衛はおきわに会ったこと、その主人に掛合った始末を語った。おきわはあまりいい縹緻《きりよう》ではない、色が白く、ぽっちゃりしているだけで、気の弱そうな娘だった。親に渡した金は話のとおり十二両だが、雑用《ぞうよう》が出ているので、身の代金は二十両だという。娘はまだ客を取っていないそうだし、足元をみられているから、二十両はやむを得まい。金を持って来るまで、二三日店へ出さずに待っていてくれ、「そう念を押して来た」と与兵衛は云った。

「本当に客を取らせないでおくかしら」

「ここの名を云っといた」と与兵衛は一と口飲んで幾造を見、「――ここの名はあらたかだぜ、おやじ、安楽亭の者だと云ったら、ぎくりとしやあがった」

「あの人に話して来るわ」とおみつが云った、「よかったわ、どんなによろこぶかわからないわ」

「あんまり望みをもたせるな」と幾造が云った、「その娘を現に引取るまでは、どうなるかわからねえ、どこでどんな手違いが起こるかわからねえ、かげんして云っとくほうがいいぜ」

おみつは頷いて奥へはいった。

「ここの名なんぞむやみに口にするなよ」と幾造が与兵衛に云った、「この島の内なら引受けるが、よその土地で十手をくらっても、おれにはどうにもならねえからな」

「わかってるよ」と与兵衛が云った。

暫くして、富次郎があらわれた。彼はひきつったような顔つきで、与兵衛の側へやって来ると、ひどく吃《ども》りながら、「ほんとですか」と問いかけた。与兵衛は彼がふるえているのを認め、そして彼のしんけんな眼つきに気づくと、「礼には及ばねえ」と云ってそっぽを向いた。

「本当にあれは無事でしたか」と富次郎はせきこんで訊いた、「当人に会って来て下すったんですか、なにか云いませんでしたか」

「うるせえな」と与兵衛が云った、「おみつさんに話したほかに云うこたあねえ、あっちへいってくれ」

富次郎は「済みません」とおじぎをし、それから、もういちどおじぎをして、しょんぼりと奥へ去っていった。

明くる朝、定七が子雀を庇《ひさし》へあげていると、吉永町の勝兵衛がやって来た。ひどくおずおずしたようすで、定七に挨拶《あいさつ》をし、「一昨日《おとつい》あたりここへ誰か来た者はないか」と訊いた。定七は目笊《めざる》のぐあいを直しながら、誰かとは誰だ、と訊き返した。

「おらあよく知らねえんだが」と老人は口ごもった、「なんでも八丁堀の人らしいんだが」

「八丁堀がどうしたって」

「おらあなんにも知らねえんだ、いま人が来て、訊いて来いと頼まれたもんだから」と老人は云った、「来たか来ねえかだけわかればいいんだ」

「そいつも八丁堀か」と定七が云った、「自分で来いと云ってやれ、自分で来られねえくらいなら、つまらねえ詮索《せんさく》をするなってな、わかったか」

「わかったよ、そう云うよ」と老人は追従《ついしょう》するように笑った、「そのとおり云ってやるよ、邪魔をして済まなかった」

勝兵衛は去った。

「お、今日は元気だな」と定七は子雀に話しかけた、「今日は喰べるじゃねえか、そうだそうだ、喰べなくちゃいけねえ、もうすぐおっ母さんが来るからな、おっ母さんもおめえのことを心配していらあ、ひとりでどこへはぐれちまったかってよ、いまにきっと捜し当てて来るぜ」

子雀は目笊の中で、しきりに飯粒を啄《ついば》んでいた。定七は石ころを幾つか拾うと、「おめえ鳴けばいいんだがな」と云いながら、そこをはなれてゆき、堀端の毀《こわ》れ舟へ腰をおろした。半刻《はんとき》ばかりして、おみつが洗濯物《せんたくもの》を干しに来、定七を見て、「飽きないわね」と独り言を云いながら首を振った。定七は向う岸を見ていた。吉永町のほうでは、家並の上で雀たちが騒いでいた。やかましく鳴き交わす声も聞えるし、飛び立ったり舞いおりたりするさまが、朝の薄陽《うすび》の光りの中で小さく見えていた。

「あの中にいねえのかな」と定七は心もとなげに呟いた、「きっといるんだろうが、どうしてこっちへ来ねえのかな」

食事のときには、定七は子雀を家の中へ入れ、食事が済むとまた庇へのせた。そして日の昏《く》れるまで、石ころを握って、辛抱づよく見張りを続けた。

翌日も同様で、夕方になり、子雀を自分の部屋へ入れると、店へ来て、「どうしたんだろう親方」と幾造に訴えた。幾造は肴を拵《こしら》えていて、質問の意味がわかると、「いいかげんにしろ」と渋い顔をし、それから、「荷おろしは今夜だったな」と定七を見た。

八

「こっちを九つ（午前零時）にでかける約束だが、月が心配なんだ」と定七が云った、「おとついの晩も照ってやがったし、いやに天気が続きゃあがるから、――今日は十三夜ぐれえじゃねえかな」

「十三日だ」と幾造が云った。

「中川はだだっ広いから、あんまり月がいいとまるっきり見とおしになっちまう」

「灘文で手を打つさ」

「安公たちのときもその筈《はず》だったぜ」と定七が云った、「あのときもちゃんと手が打ってあるって云ってた、ところがあのとおりだ、船番所は出なかったが町方が張ってやがって、正太と安公がいかれちゃったぜ」

「そいつはおめえが片づけたさ」と幾造が云った、「そのとき張ってたのが、このあいだ来た岡島ってえ同心だろう、二人のことを話していたように思うがな」

「あめえ野郎さ」と云って、定七は脇《わき》のほうへ唾《つば》を吐き、自分の手を見た。

そこへ与兵衛が出て来た。彼は湯あがりで、艶《つや》つやと血色のいい顔をしてい、定七に向って、「ちょうどいい加減だぜ」と云った。定七はゆっくりと首を振り、「おれは酒にする」と答えた。与兵衛は飯台に向って腰かけ、手拭《てぬぐい》で額から頸《くび》のまわりを拭《ふ》きながら、「そうか」と頷いた。

「そうか、おめえは荷おろしのまえには、湯にはへえらなかったっけな」

定七は屹《きっ》と振向いた、「可笑《おか》しいか」

「――よせよ」と、まをおいて与兵衛が云った、「気に障《さわ》ったのか」

「なんでもねえさ」と定七は眼をそらした。

やがて、店が賑《にぎ》やかになってきた。

あの客が来て、例のとおり隅で飲みだし、政次と由之助と源三が、湯からあがった順に出て来た。仙吉はいちばんあとだったが、ひどくうきうきしたようすで、おまけに、しかつめらしく構えようとしていた。かれらは小部屋で博奕《ばくち》をしていたのだが、仙吉は一人で勝ったし、今夜の「荷おろし」に伴《つ》れていってもらえるのである。彼にとっては初めてのことで、ようやくいちにんまえになれる、という自負とうれしさのために、自分で自分を扱いかねているというようすだった。

定七が半刻ほどして寝にゆくと、与兵衛が富次郎を呼びだして来た。その朝、富次郎は頭の晒《さら》し木綿もやめたし、月代《さかやき》を剃《そ》り、洗ってもらった自分の袷《あわせ》に角帯をしめて、さっぱりとお店者《たなもの》らしくなっていた。――与兵衛は自分で呼びだしにゆき、店へ伴れてくると、飯台へ並んで掛けさせて、酒をすすめた。定七が神経を尖《とが》らせていたように、与兵衛も平生とは違ってみえた。いつもはむっつりしている彼が、その夜はよく飲んだし、活潑《かっぱつ》に話したり笑ったりした。

「おれたちはこんな人間だが、堅気な者の気持だってわかるぜ、堅気ないろ恋っていうやつも悪かあねえ」と与兵衛は繰り返し云った、「一生を棒にふるようないろ恋なんて、話か芝居にしかねえもんだと思ってた、そんなものにぶっつかったためしがねえからな、それでこっちもつんときたらしいや」

「安心しろ、大丈夫だ」と与兵衛は富次郎に酌をしてやった、「金はもうできたも同様だし、あの娘もきれいなままで引取れる、いっしょになったら仲よくやるんだぜ、こういう苦労をして夫婦になったってことを、生涯《しょうがい》、忘れるんじゃあねえぜ」

富次郎はすすめられる酒を、舐《な》めるように啜《すす》りながら、しきりに眼を拭いていた。

「そうだ、忘れるんじゃあねえ」と隅であの客が云った、「この世はみんないっときのまだってことをな――石は泣きゃあしねえんだ」

由之助が振向いて「石がどうしたって」と訊いた。

「石は泣きゃあしないっていうのさ」

由之助は「どういう洒落《しやれ》だ」と訊き返し、客は黙って、頭をゆっくりと右へ左へと振った。

「へ、――」と由之助が呟いた、「よく水を差すようなことばかり云うおやじだ」

十時ごろに定七が起きて来ると、その客が帰っていった。いつものとおりふらふらに酔っていて、いちど引返して来、油障子をあけて、なにか云いたそうに店の中を眺《なが》めていたが、すぐにまた障子を閉めて、帰っていった。――そのあとで、定七と与兵衛が、仙吉を伴れて舟の支度をしに出た。舟は猟舟の小型のもので、水押《みよし》が高く、櫓《ろ》が三挺《ちよう》かけられる。かれらはそれへ蓆や、麻縄《あさなわ》や手鉤《てかぎ》などを積み、蓆の中には長脇差《ながわきざし》を二本隠した。

「雲はあるが、こころぼせえな」定七は気にして幾たびも空を見た、「こころぼせえ雲だ、晴れちまいそうだな」

与兵衛はだまっていた。

「晴れると昼間みてえになるぜ」と定七は舟から岸へあがりながら云った、「どうしてこう天気が続きゃあがるんだろう、頭の芯《しん》まで乾いちまったような気持だぜ」

与兵衛は定七を見たが、やっぱりなにも云わなかった。仙吉が岸へあがって、陽気に鼻唄《はなうた》をうたいだすと、定七は「野郎、静かにしろ」と叱《しか》りつけ、拳《こぶし》で頭を小突いて、また空を見あげ見あげ、苛《いら》いらした足どりで店のほうへ去った。

仙吉は舌打ちをして、「定あにいどうかしているぜ」と云った。

「おれだって同じこった」と与兵衛が舟からあがって来て云った、「荷おろしに出るときは誰だってそうだ、てめえにもいまにわかるさ」

「あにいも同じだって」

与兵衛が云った、「荷おろしのときはな」

かれらは時計が十二時を打ってからでかけていったが、定七はでかけるまで、子雀のことを諄《くど》くおみつに頼んでいた。朝になったら庇の上へあげてやってくれ、飯粒はやわらかく煮返すこと、庇へ上げたら猫や鳶に気をつけてくれ、などということを、繰り返しおみつに頼んだ。

「わかったわ」とおみつは微笑しながら頷いた、「雀のほうでいやがりさえしなければそのとおりにするわ」

そして三人は出ていった。

明くる朝、――おみつは起きるとすぐに、かれらの部屋を覗《のぞ》いたが、三人は帰っていなかった。それで雀のことを思いだし、外へ出してやろうとすると、その雀は死んでいた。目笊の上に掛けてある風呂敷をとってみると、子雀は両肢《りょうあし》を伸ばして横に倒れており、嘴《くちばし》のすぐさきに、ひと固まりの飯粒が乾いていた。

おみつは息をひそめた。すると隣りの六帖《じょう》で「誰だ、定か、——」という政次の声がした。寝床の中にいるらしい、おみつは「あたしよ」と答え、雀をのせた板を持って、裏へ出ていった。

「怒るわねきっと」とおみつは独りで呟《つぶや》いた、「どうしようかしら、見るとおもいが残るわ、いっそ見せないほうがいいわね」

すぐに決心したようすで、棒切れを拾うと、空地の土の柔らかなところを掘り、雀を埋めて、その上へ枯れかかった藜《あかざ》の小枝を挿《さ》した。おみつは裾《すそ》を直して跼《かが》み、その小さな墓に向って手を合わせたが、ふと自分の子供らしいしぐさが恥ずかしくなったとみえ、いそいで立ちあがって、家のほうへ戻った。釜場《かまば》では父親の幾造が顔を洗っていて、「帰ったようすはないか」と訊いた。

「ええまだらしいわ」とおみつが答えた、「雀が死んでたんで埋めて来たのよ」

幾造はぎょっとしたように、濡《ぬ》れた顔のまま娘のほうへ振返った。なにか悪い前兆でも聞いたような眼つきで。だがすぐに、手拭で顔を拭きながら、「そうか」と云った。

——荷おろしは失敗した。

幾造のそう思っていることが、おみつにはよくわかった。うまくいったとすれば、おろした荷を此処《ここ》へ運んで来る筈である。中川から此処までには、芦田《あしだ》の水路が幾らもあるが、日なかに舟を隠して置けるような場所はなかった。荷おろしは失敗したのだ、失敗することは珍しくはないが、午後になり、日が昏れてからも、三人の帰るようすがなかった。

政次も由之助も源三も、むろんそのことは察しているらしい。三人の帰らないことも気になっているのだろうが、誰もそのことに触れようとはしなかった。幾造やおみつはもとより、みんななにごともなかったような態度で、むしろいつもより陽気になり、灯《ひ》がはいるとすぐ、富次郎まで呼びだして、賑やかに店で飲み始めた。

あの客の来たのは七時ころであるが、油障子のあいたとたん、みんな急に口をつぐんで、振向いた。賑やかな店の中が突然しんとなり、はいって来た客はたじろいだ。異様なほどの沈黙と、みんなの注目をあびてたじろいだようすだったが、「大きな月が出ているぜ」と誰にともなく云い、土間をまわって、いつもの隅へいって腰をおろした。

「断わっておくが」と幾造がその客に云った、「今夜は肴《さかな》はなしだぜ」

「いいとも」と客は頷いた、「ごらんのとおりもう酔ってるんだ」

「おじさん」と政次が呼びかけた、「いつも飲んでいられて、いい御身分だな」

「おんばそだちさ」と云って、由之助が笑った。

それから半刻《はんとき》ほど経ってから、小部屋のほうでおみつが叫び声をあげ、「お父っさん」と呼ぶのが聞えた。幾造が立ちあがると、政次、源三、由之助たちもとびあがり、先を争うように奥へ走りこんだ。

「置いてきぼりか」と客は云って、残された富次郎に呼びかけた、「こっちへ来てつきあってくれないか、富さんとか聞いたが、金の心配はいらないぜ」

富次郎はぼんやりした眼で、その客を見まもった。

「金はあるんだ」と客はふところを押えた、「ここに持ってるから大丈夫だ、こっちへ来てつきあってくれないか」

富次郎は自分の盃を持って立ち、その客のほうへいった。もうかなり飲んでいて、顔が蒼《あお》ざめ、ちょっとふらふらした。

「おまえさんの話は聞いたよ、――まあ一ついこう」客は富次郎に酌をした、「おまえさんのことは聞いた、こっちはいつも酔ってるし、ごくとびとびだったがね、あらましのことは聞いてた、――どうしたんだ、飲まないのかね」

富次郎は黙って飲んだ。

九

小部屋ではみんなが与兵衛を囲んでいた。

与兵衛は頭から顔半分と、右の肩から二の腕へかけて晒し木綿が巻いてあり、どちらにも血が滲《にじ》んでいた。血はどす黒く乾いているが、かなりな傷であることは、滲んでいる血痕《けっこん》の大きさで察しがついた。

「番所じゃあねえ、やっぱり町方《まちかた》だ」と与兵衛はひどくかすれた声で、喘《あえ》ぎ喘ぎ云った、「二つ入《いり》のところで待伏せていやがった」

「水を飲まねえか」と由之助が訊いた。

「酒を呉れ、酒を冷で呉れ」

「だめだ、酒はいけねえ」と幾造が云った。

「いいんだ、傷なら心配はねえ」と与兵衛は云った、「手当をするときに見た、焼酎《しょうちゅう》で洗うときにすっかり見てあるんだ」

「手当はどこでした」

「仲町の平野だ」

「おめえのいろのいるうちだな」と政次が訊いた、「あそこのかみさんがやったんだろう、あのかみさんは尻《しり》に刺青《いれずみ》があって、その刺青のある尻を捲《まく》って啖呵《たんか》を切るんだ」

幾造が「政」と云い、政次は黙った。

「傷は大丈夫だから、酒を持って来てくれ」

幾造はおみつに頷《うなず》いた。おみつは店へいって酒を湯呑《ゆのみ》に注《つ》いで戻った。与兵衛は一と息にそれを呷《あお》った。

「定と奴《やっこ》はだめか」と幾造が訊いた。

「五はいの舟で囲まれた」と与兵衛は湯呑を持ったまま云った、「おれは待伏せをくったと思ったから、とびこんで逃げろとどなった、どなりながらおれは三尺を解き、もういちど、とびこめってどなった」

仙吉はうろうろしていた。初めてのことでのぼせあがってしまったらしい、与兵衛は着物をぬぐと、仙吉を突きとばしながら、自分もいっしょに川へとびこんだ。

「暫《しばら》くもぐっていて、それから顔を出して見ると、定のやつが舟の上にいた」と云って、与兵衛は深い息をした、「月がいいから、よく見えた、野郎は肌《はだ》ぬぎになって、長脇差を抜いて暴れていた、すぐに捕方《とりかた》の舟が取巻いて、姿は見えなくなったが、それでも二度か三度、長脇差を振りまわすのが見えた、ほんのちょっとのまだったが、ぎらっ、ぎらっと光るのが見えた、ほんのちょっとのまだった、そして、捕方のやつらが、刺股《さすまた》や棒でめった打ちに撲《なぐ》りつけ、凄《すご》いような悲鳴が聞えてからも、気ちげえみてえに撲りつけてやがったが、急にばたりと静かになった」

「いかれたんだな」と由之助が呟いた。

政次の唇が、よじれるようにまくれて、白い歯が見えた。幾造はおみつに「店へいってくれ」と云い、おみつはすなおに店へ去った。

「ところがおれは、自分のことを忘れていた」と与兵衛が続けた、「定のほうに気をとられて、自分のうしろを見なかったが、うしろに捕方の舟がいたんだ、向うのほうが先にみつけたんだろう、ひょいと気がついたときには、髪の毛へ袖搦《そでがらみ》をひっかけられた。それがまたうまくひっかかりやがって、あっというまに引きよせられると、頭のここを、十手で三度ばかり、思いっきりやられた」

彼は眼が眩《くら》み、頭がぼうとなった。捕方に舟の上へひきあげられ、そこへ放りだされたが、動くこともできずにのびていた。

――もう一人いた筈だな、

——あっちで押えた。

捕方たちのそんな会話が聞え、近くの舟から、「痛え、痛えよう」という、仙吉の叫び声が聞えた。定はやられ仙吉も捉《つか》まった、そう思うと、吐きけのするほど怒りがこみあげてきた。怒りというよりも嘔吐《おうと》のこみあげるような気持で、いきなりはね起きると、側《そば》にいた捕方の一人にとびつき、その男と折重なつて、川の中へとびこんだ。

「すばやくやったつもりだが、とびこむまえに腕を斬られたらしい」と与兵衛は、片肌ぬぎになっている、右の腕を見た、「とびこむときかもしれねえ、いつやられたか気がつかなかったが、あとで見ると、この辺からここまで、ぱっくり口があいてやがった、——たしかに刀傷なんだ」

「小平のちくしょう」と政次が呟いた、「あのちくしょう、生かしちゃあおかねえぞ」

「すっこんでろ」と幾造が云った、「灘文はおれがいいようにする、てめえなんぞの出る幕じゃあねえ」

与兵衛が幾造を見あげた、「あのお店者、富次郎っていう、あの男のことをどうしよう」

「そんな心配はするな」

「いやそうじゃねえ、約束したんだ」と与兵衛は首を振った、「娘のことは引受けた、安心しろって、おれはあの男に約束した、そのために三十両稼《かせ》ごうと思ったんだ」

「おめえの罪じゃねえさ」と幾造がまた遮《さえぎ》った、「とにかく横になって休め、その話はあとのことだ」

与兵衛はなお、「親方」と呼びかけたが、幾造は政次たち三人に、「伴れてって寝かしてやれ」と云い、自分は土間へおりて、店のほうへ出ていった。

店ではあの客と富次郎が飲んでおり、おみつが燗番《かんばん》をしていた。幾造はおみつに代り、おみつは奥へはいったが、立ちあがったときすばやく、「話しといたわ」と幾造に呟いて、富次郎のほうへ眼をはしらせた。荷おろしが失敗したことを話したのだろう。幾造は頷いただけで、おみつが去ると、富次郎のようすをそれとなく見まもった。

富次郎はおちつきを失っていた。顔は蒼ざめて硬《こわ》ばり、盃を持った手のふるえているのが見えた。酒は飲まず、客の話すのを聞いているが、まったくうわのそらで、あたまをほかのことにとられているのがよくわかった。——そのうちに客は立ちあがり、裏へ手洗いにいって戻ると、「外はいい月だぜ」と云った。

「浮かねえな、富さん」と客は富次郎のうしろへいって肩を叩《たた》いた、「ひとつ外へ出て、月を眺めながら飲もうか」

富次郎はぼんやりと客を見た。客はもういちど彼の肩を叩いて、「元気をだせよ」と覗きこんだ。

「おめえもおれも、ここではよそ者だ」とその客は云った、「よそ者はよそ者同志で飲もう、向うに松の生えてる土堤《どて》があるんだ」そして幾造のほうを見て訊いた、「親方、——あの松の生えてる土堤はまだあのままか」

「あのままだ」と幾造が答えた。

幾造の眼が鈍い光りを放ち、追っかけて云った、「あそこは月見酒にはもって来いだ」

「なあ、いこう富さん」

「ゆくなら若い者に案内させるぜ」と幾造が云った、「足場が悪いから案内をさせよう、大事な持ち物があったら預かって置くぜ」

「そんな心配は御無用だ」

「だって金を持ってるんだろう、いつもそう云ってたように思うぜ」

「金は持ってる」とその客はふところを叩いた、「ここに、胴巻でしっかり括《くく》りつけてあるさ、ほんとだぜ、親方」

「そいつは預けてゆくほうがいいや」

幾造は富次郎が振向くのを見た。殆《ほと》んど怯《おび》えたような眼で、振向いて幾造を見た。幾造はその眼に頷《うなず》いてみせ、客に向って、云った、「少しばかりならいいが、胴巻へ入れるほど持ってるなら預かっておこう、場所が場所だからな、そのほうが安心して飲めるぜ」

「なんでもねえさ」とその客は手を振った、「そんな心配は御無用、――ゆくか、富さん」

富次郎は口がきけなかった。舌でもつったように、口はあいたが声が出ず、頭で、ぎごちなく頷いた。

「よし、酒を頼むよ、親方」とその客が云った、「肴は、ねえんだっけな、ここに出ているこいつでいいや、この目刺の焼いたのでいいから、ちょっと竹の皮かなにかに包んでくれ」

「酒はもうこれでいいだろう」と幾造は五合徳利を見せた、「盃は湯呑のほうがいいな、――おみつ、竹の皮があったら持って来てくれ」

富次郎は黙って眺めていた。まったく血のけを失った顔は、仮面のように硬ばり、歯をくいしばるたびに、顎《あご》の肉が動いた。——幾造は黙って支度をし、おみつはそっと奥へ去った。なにかしらぎらぎらするような、一種の気分が店ぜんたいにひろがってゆき、富次郎はその重さに耐えかねたかのように、自分の喉《のど》へ手をやりながら、ひそかに喘《あえ》いだ。

幾造は酒徳利と、二つの湯呑と、竹の皮包をそこへ出して、「政、——」と奥へ呼びかけた。すると富次郎が、「あ」と声をあげた。

「私がゆきます」と彼は吃《ども》りながら云った、「いや、案内はいりません、この人と私と、二人だけで大丈夫です」

「そうだ、案内には及ばない」とその客が首をぐらぐら振った、「場所はおれが知ってるさ、おめえ残りを持ってくれ、富さん」

客は酒徳利を持った。富次郎がこっちへ来ると、客は徳利のくびに付いている細い縄を指にひっかけ、「いって来るぜ、親方」と云いながら、足もとの危なっかしい足どりで、先に外へ出ていった。

「いいのか」と幾造が富次郎の眼を見た、「おめえで大丈夫か」

「ええ、大丈夫です」と彼は二つの湯呑を袂《たもと》へ入れながら、深い息をして云った、「どうせ同じことですから、自分でやります」

幾造はじっと彼をみつめ、それから手早くなにかを包んで、「これを持ってゆけ」と飯台の上へ置いた。富次郎は案外しっかりした手つきでそれを取ると、顔をそむけながらふところへ入れ、竹の皮包を持って、客のあとを追った。

その客は橋の上で待っていた。

「安楽亭か」と客は云っていた、「洒落《しゃれ》たおやじだ、ここでどんな事があるか、およそおれは知ってるが、それに安楽亭とは皮肉な名を付けたもんだ、洒落たおやじだぜ」

そしてふらふらと歩きだした。

富次郎は客のうしろからついていった。客は暢気《のんき》に鼻唄をうたったり、富次郎に話しかけたりしながら、吉永町の堀端を右へ、ふらふらと歩いていった。吉永町がきれて、——橋を渡ると、土盛りをした更地が一画あり、そこから先には家がなかった。遠くのほうはわからないが、ゆくにしたがって左右がひらけ、月をうつして光る沼地や、芦の繁《しげ》みや、雑草の伸びた荒地などが続き、やがて向うに、ぼんやりと黒く、横に延びている並木のようなものが見えた。

「あれが土堤だ」と客が指さして云った、「ときに、おれはなんの話をしていたっけかな」

富次郎は唾《つば》をのんで答えた、「この辺のことです、昔よくこの辺へ来たという話ですよ」

客は喉で笑い、それから云った、「――あいびきにな」

十

二人は松の下の、枯れかかった草の上に腰をおろした。酒徳利を倒れないように置き、竹の皮包をひらき、それぞれ湯呑を手に持った。

富次郎は飲まなかった。客もそれほど欲しくないのか、ときどき舐めるように啜りながら、また逢曳《あいびき》の話をしていた。富次郎はときどきふところへ右手を入れるが、決断のつかないようすで、その手をそろそろと出し、ゆっくりと深く息を吐いた。松の枝からもれてくる月の光りで、彼の顔は石のように硬く、頰《ほお》の肉がそぎおとされでもしたように、くぼんで影をつくっているのが見えた。

「そっちを芦田というんだ」客が急に話を変え、前へ顎をしゃくりながら云った、「生えてる芦はいまに刈取って、葭簾《よしず》やなんかに使うんだ、知ってるか」

「ええ、いいえ」と富次郎は首を振った、「知りません」

土堤の向うには、遠くまでずっと芦が茂っており、それらが月光の下で、畑のようにきちんと、畝《うね》作りになっているのがわかった。その芦の間で、突然ばしゃばしゃと高い水音がし、客はどきんとして「ええ吃驚《びっくり》する」と呟いた。

「吃驚させやがる」と云って、客は湯吞を口へもっていった、「魚じゃあねえな、魚にしちゃあ音が大きすぎる、川獺《かわうそ》だな、きっと川獺だぜ」

富次郎が顎をひきしめ、右手をすっとふところへ入れた。すると客が「それには及ばねえ」と云った。

「そんな物を出すことはねえ」と客は静かに振返った、「そんなことをしなくっても、金はおまえにやるよ」

富次郎は息を詰め、がたがたとふるえた。そして恐怖に憑《つ》かれたような眼で、客のすることを眺めていた。客は両手を袂からふところへ入れ、なにかの結び目を解くと、片方の袖から長い胴巻を抜きだした。そしてそれをくるくると巻いて、両手で重さを計るように、ゆらゆらさせてから、「さあ取ってくれ」と富次郎のほうへさしだした。

「五十両と少しある、取ってくれ」

富次郎は戸惑いをし、喉にからまるような声で、「だってそんな、そんな大枚なお金をどうして」と吃り吃り云った。

「おれには用がねえからだ」と客は遮《さえぎ》って云った、「用がないばかりじゃあない、おれはこの金が憎いんだ、さあ取ってくれ」

客はまるめた胴巻を、富次郎の手へ押しつけた。富次郎は化かされたような顔で、それを受取ったが、それは重みのために、彼の手から落ちそうになった。

「なにかわけがあるんですね」

「それを聞いてもらいたいんだ」と云って、客は湯呑に酒を注《つ》ぎ、ぐっと半分ほど飲んだ、「おれは向うの、木場に勤めていた、さっき話したあいびきの相手、――おつじというんだが、それと世帯《しょたい》をもって、紀の国屋という店の帳場をやっていた、……ごく短い話だが、聞いてくれるか」

富次郎は「ええ」と頷いた。

世帯をもって五年、子供が三人生れた。生活は楽ではなかったが、おつじはやりくりがうまく、平板ながら穏やかな暮しが続いた。そのままでいればなにごともなかったが、彼はふと、「妻や子供たちにもう少しましな生活がさせてやりたい」と思い、材木の売買に手をだした。それが初めから思惑はずれだったし、帳場の金に二十両ばかり穴をあけた。彼は紀の国屋に十六年勤めていたのだが、主人が息子の代に替ったあとで、「しめしがつかないから」と暇を出された。家じゅうの物を洗いざらい売り、知人から借り集めた十両ほどの金を入れたが、若い主人は「不足の分もなるべく早く返してくれ」と云うだけであった。

一家は平野町の裏長屋へ移った。売れる物は残らず売ったあとで、親子五人が、その古長屋の六帖に坐《すわ》り、壁ひとえ隣りで赤児《あかご》の泣く声を聞いたとき、彼は口惜《くや》しさと絶望のために泣いた。

——気を強くもってよ、これからじゃないの。

妻のおつじが明るい声で励ました。あたしは平気だ、貧乏には馴《な》れている、あなたといっしょにならば、どんな貧乏だって平気だ。お互いにまだ若いし、幸いみんな丈夫だから、やろうと思えばどんなことだってできる。気を強くもって、初めからやり直してみよう、とおつじは繰り返した。

「女房の云うことをきけばよかった、けれどもおれはきかなかった」と客は云った、「どうしても自分のしくじりを取返して、ひとしんしょう作りたかった、纏《まと》まった金をつかんで世間をもみかえし、女房や子供にもいい暮しがさせてやりたかった、どうにもじっとしていられなかったんだ」

彼は江戸を出ていった。

三年のあいだ辛抱してくれ、と彼は妻に頼んだ。金が出来ても出来なくても、三年経《た》ったら帰って来る。苦しいだろうが、三年のあいだ辛抱してくれ、と頭をさげて頼んだ。おつじは初め反対した。親子、夫婦がいっしょならどんな苦労でもする、お金もたくさんは欲しくないし、いい暮しをしたいとも思わない。どうか思いとまってくれ、と泣きながらくどいた。けれども、彼の決心が動かないと知ると、こんどは思いきりよく承知して、それほどの決心ならやむを得ない、留守のことは引受けようし、三年と限ることもない、これでよしと思うまでやってみるがいい、「あとのことは決して心配はいらないから」と云った。

そして彼は木曾《きそ》へいった。

「木場で育ったし、大きく儲《もう》けるには木出しかないと思った」と客は続けた、「木曾から紀州へまわり、また木曾へ戻り、京、大阪ととび歩いた、一年経ち、二年経ったが、元手なしの仕事だから思うようにいかない、もう半年、もう半年と、手紙で延ばし延ばし、とうとう五年経ってしまった」

今年がまる五年めで、偶然の機会から二百両ちかい金をにぎった。もうひと稼ぎと思ったが、いちど妻子の顔を見るつもりで、江戸へ帰って来た。上方《かみがた》のほうの払いを済ましても、金は百二十両ばかりあった。それを妻に渡して、すぐ引返すつもりだったが、平野町の長屋には妻も子もいなかった。

「裏長屋は人の出替りの多いものだ、こっちは引越してすぐに旅へ出たから、むろん知った顔はなかったが元の家には他人がはいっていて、それも一年まえに移って来たそうで、おれの女房子のことはなにも知らなかった」

差配《さはい》を訪ねると、差配も変ってい、元の差配は下谷《したや》のほうへ越していったという。長屋じゅうを訊《き》きまわり、家主を訪ねた。そして、家主から元の差配の住所を聞いて、下谷の竹町へとんでいった。

「元の差配はそこにいた」と客はひと息ついて云った、「差配は知っていた、――おつじのやつは、おと年の暮に、二人の子供を伴《つ》れて、大川へ身投げをして、死んだというんだ」

富次郎は「え」といった。客は坐り直し、両手で膝《ひざ》を抱えて、その膝がしらへ額を押しつけた。

「暮しもひどかったらしい」と客は含み声でゆっくりと云った、「ずいぶん苦しかったようだが、二番めの五つになる娘が、はやり病いで死んでから、すっかり気おちがして、暫くは正気をなくしたようになっていたそうだ、そして十二月の末ちかい或《あ》る晩、――残った二人の子といっしょに」

そこで言葉を切ったまま、かなり長いこと黙っていた。

「金がなんだ、百や二百の金がなんだ」と客は呻《うめ》くように云った、「女房や子供が死んでしまって、百や二百の金がなんの役に立つ、金なんぞなんの役に立つかってんだ」

彼は気が狂いそうになり、狂ったように酒浸りになった。彼は自分を呪《のろ》い、その金を呪った。その金が妻子を殺したようなものである、彼がいれば妻子は死にはしなかったろう、彼は側《そば》にいなかった。何百里もはなれた遠い土地にいた。生活の苦しさ、幼い娘の死、それを妻はひとりで背負い、背負いきれなくなって死んだ。どんなに辛かったろう、どんなに苦しく、悲しいおもいをしたことだろう。そう考えると、「いっそおれも死んでくれよう」と幾たびか思った。

「どうして安楽亭へゆく気になったか、自分でもよくわからない」と客は顔を伏せたまま続けた、「古くからあの島の噂《うわさ》は聞いていた、いっそ死んでくれよう、という気持が、あそこへゆくきっかけだったかもしれない、そうではなくって、あそこの罪人臭さにひかれたのかとも思う、この金のために、――おれは妻子を殺したも同様だからな」

客は顔をあげ、月光をあびた芦田のかなたを、暫《しばら》くのあいだ眺《なが》めていた。

「これで話は終りだ」とやがて客が云った、「その金を使ってくれ、娘さんを請け出して、遣いこんだ金をお店へ返しても、少しは余るだろう、ほんの少しだろうが、もしもそれまでにあったら、望みの戸納質《とだなじち》を始めるんだ」

富次郎がなにか云おうとし、その客は首を振って「いやなにも云うな」と遮った。

「おれのことはおれが承知している、また上方へいってやり直すかもしれないし、このままのたれ死にをするかもしれない、どっちにしろ、富さんには縁のないこった、しかしただ一つ、一つだけ断わっておくことがある」そう云って客は富次郎を見た、「――その人と夫婦になったら、はなれるんじゃあねえぞ、どんなことがあっても、いっしょに暮すんだぜ」

富次郎は固くなって「ええ」と頷いた。

「どんなことがあってもだぜ」

「ええ」と富次郎が云った、「きっと仰《おっ》しゃったとおりにします」

「約束するな」

「約束します」

「よし、――じゃあいってくれ」と客は酒徳利を取りあげた、「おれはもう少しここで飲むから、おめえは先に帰ってくれ」

「私も待っています」

「先に帰ってくれ」と客はするどい声で云った、「ここはおれとおつじのあいびきをしたところだ、邪魔をしねえでいってくれ」

そして乱暴に、湯呑へ酒を注いだ。富次郎は不決断に立ちあがり、「それではまた、あとでおめにかかります」と云い、不決断に、そこをはなれて歩きだした。——土堤をおりようとして、ふと、その客の名前さえ知らなかったことに気づき、立停《たちどま》って戻ろうとした。暗い松の樹蔭《こかげ》に、斑《まだら》な月光をあびて、その客はぽつんと坐っていた。

「あとにしよう」と富次郎は呟いた、「あとで帰ってから訊けばいい、いまはそっとしておこう」

そして彼は土堤をおりていった。

明くる日の夕方、——ちょうど灯《ひ》ともしごろに、富次郎とおきわが、揃《そろ》ってその島から出ていった。おきわは背丈も低く、まる顔の、ごく平凡な娘だったが、富次郎にたよりきったようすや、富次郎のこまかい劬《いたわ》りかたは、いかにもつつましやかできれいにみえた。

安楽亭の表には、幾造とおみつが見送っていた。与兵衛は寝ており、政次、源三、由之助の三人は、店で飲んでいた。かれらにはもう、富次郎やおきわのことなど、まるで関心がないようであった。

「あの二人が初めてね」とおみつが父親に云った、「よそからここへ来て、きれいなままで出てゆくのは、あの二人が初めてよ、——仕合せになれるといいわね」

幾造はあいまいに「うう」といった。

あの客は戻らなかった。土堤からどこかへいってしまったらしい、その夜も戻らなかったし、二度と安楽亭へはあらわれなかった。もし誰かが、あの松の生えている土堤へいってみれば、そこに五合の酒徳利と、二つの湯呑が残っているのを、みつけたことだろう。あの客はついに名前も知れず、どこへ去ったかもわからずじまいであった。

街へゆく電車

黒澤明監督が『どですかでん』として映画化

その「街」へゆくのに一本の市電があった。ほかにも道は幾つかあるのだが、市電は一本しか通じていないし、それはレールもなく架線もなく、また車躰《しゃたい》さえもないし、乗務員も運転手一人しかいないから、客は乗るわけにはいかないのであった。要するにその市電は、六ちゃんという運転手と、幾らかの備品を除いて、客観的にはすべてが架空のものだったのである。

運転手の六ちゃんは「街」の住人ではない。中通りと呼ばれる、ちょっとした繁華街に、母親のおくにさんと二人でくらしていた。父親はなかった。死んだのか別れたのか、その消息は誰も知らないが、ともかく父親を見た者はなかった。おくにさんは女手でてんぷら屋をいとなみ、六ちゃんと二人で肩身せまくくらしていた。——断わっておくが「てんぷら」屋といっても、じつは精進揚げのことである。

おくにさんは四十がらみで、顔も軀《からだ》も肥えていた。眼《め》にはあらゆる事物に対する不信と疑惑のいろを湛《たた》え、口は蛤《はまぐり》のように固くむすばれ、いくらか茶色っぽいかみの毛は、油っけなしのひっ詰め髪に結われていた。

古い伊勢縞《いせじま》か、木綿の布子《ぬのこ》か、夏は洗いざらした浴衣《ゆかた》に白い割烹《かっぽう》前掛をつけ、夏冬とおして衿《えり》に手拭《てぬぐい》を掛けていて、黙っててんぷらを揚げたり、客の応対をしたりするのであった。衿に掛けた手拭と、白い割烹前掛とが、喰《た》べ物を扱う彼女の動作を、いかにも清潔らしく見せるように感じられた。

おくにさんは無口だった。客にもよけいなあいそは云《い》わず、あたしの揚げるてんぷらの味が充分にあいそを云っている筈《はず》だ、と自負しているようなそぶりがちらちらした。――事実はそうでなく、絶えまなしに六ちゃんのことが気にかかり、絶えまなしにおそっさまの御利益《ごりやく》や、奇蹟《きせき》や、効験《こうけん》あらたかな祈禱《きとう》師の噂《うわさ》などが、そのいくらか茶色っぽいかみの毛を油けなしでひっ詰め髪に結った頭の中で、せめぎあっていたのだ。

一日のしょうばいが終り、店を閉め、寝る支度をすませてから、おくにさんは仏壇を開いて燈明《とうみょう》と線香をあげ、玩具《おもちゃ》のような団扇《うちわ》太鼓を持って、六ちゃんと並んで坐《すわ》る。できるなら標準型の団扇太鼓にしたいのだが、近所に遠慮があるし、（なぜなら近所にはてんぷらを買ってくれる客が多いから）まさか太鼓の大小によって、おそっさまの機嫌が変るものでもあるまいと思い、多少ひけめを感じながら、その小さな太鼓でまにあわせているのであった。

「なんみょうれんぎょう」坐るとすぐに六ちゃんが、仏壇に向っておじぎをしながら、母親に先んじてお願いをする、「――おそっさま、毎度のことですが、どうか、かあちゃんの頭がよくなるように、よろしくお願いします。なんみょうれんぎょう」

そして、おくにさんが玩具のような団扇太鼓を叩《たた》き、お題目をとなえ始めるのであった。

おくにさんの祈りが、わが子六ちゃんのためであることは断わるまでもない。にもかかわらず、お題目とおそっさまに対する祈念が、主として母親の本復を六ちゃんのほうで乞《こ》い願っているところに、天秤《てんびん》の狂いのようなものがあった。

六ちゃんはふざけているのではない、あてつけや皮肉でそんなことをするのでもなかった。かあちゃんが自分のことで世間に肩身のせまいおもいをし、自分のためにおそっさまを拝んだり、お呪禁《まじない》をしたり、いろいろな祈禱師を招いたりするのはわかっていた。そんな必要はない、かあちゃんはそんな心配をすることなんか少しもないのだ。

どうしてそんなに心配ばかりするのさ、かあちゃん、なにが不足なんだい、と六ちゃんは幾たびも云った。そうだよ、不足なんかなんにもないよ、心配なんかしちゃあいないよ、とおくにさんはいつも答えるが、その顔にあらわれている望みを失ったような悲しみの影は、消えも弱まりもしなかった。六ちゃんにはそれが気がかりなのだ、このままでなんの不足もないのに、精をすり減らしているかあちゃんが哀れで、そんなかあちゃんをなんとかしてまともなものにしてやりたい、と念じているのであった。

「お願いします、おそっさま」おくにさんのとなえるお題目のあいまあいまに、六ちゃんはしんそこ祈るのであった、「——毎度のことで飽き飽きするかもしれないが、かあちゃんのことはよろしくお頼みします、なんみょうれんぎょう」

おくにさんは胸がせつなくなってくる。もうなん年となく同じおつとめを欠かさずやっているのだが、わが子のその祈願を聞くたびに、そのたびごとに胸がせつなくなり、涙がこぼれそうになった。

この子はこんなに親おもいで、こんなにちゃんと口もきける、きっといまに頭もまともになるだろう、おくにさんはそう信じようとする。六ちゃんはそういうかあちゃんの顔を、憐《あわ》れむような眼つきで見まもり、ちょうど母親が怯《おび》えている子をなだめるように、大丈夫だよ、なにも心配することはないよ、万事うまくいってるじゃないか、気を楽にしなよ、と云いきかせるのであった。

六ちゃんが好きなのはかあちゃんと、「街」の住人である半助と、半助の飼い猫のとらだけで、反対に云えば、この二人と一匹だけは六ちゃんのことを好いていた。その他の人たちを六ちゃんは好かない。かれらは六ちゃんをからかったり、悪口を云ったり、六ちゃんの運転する市電の妨害をしたりする。特に、市電の運転の邪魔をする者が多いので、六ちゃんは気のしずまるときがなかった。

じつに知恵のないはなしだが、その町内の人たち、ことに子供たちは、六ちゃんのことを電車ばかと呼んでいた。そうかもしれない、客観的にはそれが当っているかもしれないが、主観的には六ちゃんはもっとも勤勉で、良心的な、市電の運転手であった。

朝、——起きるとすぐに、六ちゃんは電車の点検をする。電車は車庫の中にあり、車庫は家の横のろじにある。

狭い勝手の揚げ蓋《ぶた》の隅に、古い蜜柑箱《みかんばこ》があって、その中に口の欠けた醬油注《しょうゆつ》ぎや、ペンチや、ドライバーや、油じみた軍手や、ぼろ布が整頓《せいとん》されてある。これらは客観的にも存在するのだが、そこにはまたコントローラーを操作するハンドルや、名札や、腕時計や、制帽などが、主観的には存在するのである。口の欠けた醬油注ぎも、主観的には油差であった。

六ちゃんは油差とドライバーとペンチを持って車庫へゆき、自分の運転する電車を点検する。客観的にはなにも存在しないのだが、六ちゃんの主観には、そこにはっきりそれが見えるらしい。彼は仔細《しさい》ありげに眉《まゆ》をしかめたり、ときには舌打ちをしたり、片手で顎《あご》を撫《な》でたりしながら、その電車のまわりをぐるっと廻ってみる。ボディーを手で叩き、蹈《かが》んで、ボディーの下の車軸や、エンジンの連結部を眺《なが》めたりするのだ。

「しゃあねえな」六ちゃんは頭を振って呟《つぶや》く、「整備のやつ、なにょうしてるんだ、なっちゃねえじゃねえかな」

彼はドライバーを使ってどこかを直し、ペンチを使ってどこかを直し、軸受のところを足で蹴《け》ってみる。もういちど蹴ってみて、首をかしげて舌打ちをし、さも不満そうに舌打ちをする。

「もうこいつも古いからな」六ちゃんは怠け者の整備係に譲歩して呟く、「やつらに小言を云ってもしゃあねえだろう」

終って顔を洗い、朝めしが済むと出勤であるが、おくにさんがしょうばいの材料を買出しにゆく日は、帰って来るまで待たなければならない。買出しはたいてい一日おきであるが、毎日のときもあって、すると六ちゃんは苛立《いらだ》っておちつかず、こんなに遅刻が続いては成績に影響する、と不平を云うのであった。

出勤するときは勝手へまわる。例の蜜柑箱から制帽を取ってかぶり、油じみた軍手をはめ、コントローラー用のハンドルと名札を取りあげる。右のうち現実に存在するのは軍手だけで、他の三品が客観的には架空なものなことは、まえに記したとおりである。

六ちゃんは電車へ乗り、まず名札を札差に入れ、ハンドルをコントローラーのノッドへ嵌《は》め込む。そして右手で制動機のハンドルを摑《つか》み、左廻しにがらがらと廻してみてから、次に右へがらがらと廻し、制動機に故障のないことを慥《たし》かめる。これらの動作は毎日きちんと、狂いのない順序で行われるし、六ちゃんの顔には、どんなに優秀な運転手よりも敏感そうでするどい、しんけんそのものといった表情があらわれるのであった。

「さあ」と彼は呟く、「発車しようぜ」

そして制動機をがらがらとゆるめるのだが、これは右手で摑んだハンドルを放して、右の腕をちょっとあげればいい。すると制動機はがらがらと巻き戻るのであった。

人は六ちゃんのことを「電車ばか」と呼ぶ。

六ちゃんはばかではなかった。ひとびとの意見にさからうようだが、彼は幾人もの専門医の診察によって、白痴でもなく、精神薄弱児でもないことが、繰り返し証明された。彼は小学校を出ている。だが初めから終りまで、なんにも勉強しなかったため、各学年の修業免状も、卒業証書も貰《もら》えなかった。彼は学齢に達したとき小学校にはいり、六年かよって小学校を出たのだ。学課はなに一つまなばなかったし、体操も遊戯もしなかった。初めて教室へはいったときから、ずっと電車の絵ばかり描いていい、六年のあいだ、ただもう電車の絵だけを描き、家にいるときは電車の運転に没頭しようとした。

人が彼をばかと呼ぶとおり、慥かに六ちゃんの電車は現実には存在しないし、それを発車させ、運転し、終電に至って入庫させるまでの作業は、すべて架空なものであった。

けれども、それなら現実に市電を運転している者はどうであろうか。——中通りを北へいって、橋を渡り、横丁を一つ越すと本通りがあって、市電やバスや、各種の車が往来している。それはみな、現実の運転手によって、現実に運転されているのであり、その事実には些《いささ》かの疑問もないが、しかし、はたしてそのままを信じていいだろうか。

ここに一人の運転手が、いま市電の運転をしている。だが、彼の心はそこにはない。彼はゆうべ細君とやりあったこと、またそのあと、近所の呑《の》み屋で侮辱されたことなどから、少なからず厭世《えんせい》的な気分になっており、そのため感情が苛だっていた。彼は空想の中で細君を痛烈にののしり、呑み屋で自分を侮辱した客を繰り返し殴りつけ、そんな不愉快なめにあうのも、結局は自分が市電の運転などをしているからだ、という理由で、その職業までも呪《のろ》った。こういう気分であったから、乗客の待っている停留所を素通りしてしまい、下車する客にどなられた車掌から停車のゴングを鳴らされ、慌《あわ》てて停車操作をする自分に、いっそうはらを立てる、という結果になるのだ。

もちろん、他の職業人でも同じような例があるだろう。たいていの人間が自分の職業に満足していないらしい、口ではどう云おうとも、心の中では自分の職業を嫌うか、軽蔑《けいべつ》するか、憎みさえしている者が少なくないようだ。

これらの人たちと六ちゃんを比較するのは、正しい評価ではないかもしれない。けれども、六ちゃんはまさしく、精神的にも肉躰的にも、市電を運転することにうちこんでおり、そのことに情熱を感じ、誇りとよろこびを感じているのであった。

さていま、六ちゃんは中通りを進んでゆく。左手のハンドルをローからセコンドにあげ、右手でブレーキのハンドルをしっかりと握り、そして車輪の音をまねる。

「どですかでん、どですかでん」

これははじめ、どで、すか、でん、と緩徐調でやりだし、だんだんに調子を早めるのである。つまり、車輪がレールの継ぎ目を渡るときの擬音であって、交叉点《こうさてん》にかかると次のように変化する。

「どでどで、どでどで、どですかでん」

これは交叉する線路の四点の継ぎ目を、電車の前部車輪四組と、後部四輪とが渡る音であった。

突然、前方に不注意な通行人があらわれる。六ちゃんは足を停めて、右足の爪先《つまさき》で地面を叩きながら、がんがんがん、と警告のゴングを鳴らす。不注意な通行人は気がつかない。線路の上をまっすぐにこっちへやって来る。こういうのは殆《ほと》んどよその町の人で、六ちゃんのことを知らず、六ちゃんの運転している電車や、その線路も見えないのだ。

六ちゃんは驚いてまっ赤な顔になり、慌ててけんめいに停車操作にかかる。

「あぶないぞ」

六ちゃんは喚《わめ》きながら、左手でコントローラーをがちゃんとゼロに切替え、右手でブレーキのハンドルをぐるぐると、ありったけの力で廻し、上半身を反らせてうーっと緊《し》めあげる。口できき、、、とブレーキの緊《しま》る音をまね、その電車はかろうじて停車する。

「あぶないじゃないか」

六ちゃんは車窓から首を出し、赤く怒張した顔でその不注意な通行人を叱《しか》りつける。

「電車にひかれるじゃないか、電車にひかれたらどうしようもないじゃないか」それからしんけんな眼つきで睨《にら》みつける、「線路をあるくのは違反なんだ、田舎者はそんなことも知らないんだからな、ほんとに、気をつけなくちゃ困るじゃないか」

不注意な通行人は口をあけ、六ちゃんのただならぬ顔を見て、いそいで脇《わき》へよけてゆく。六ちゃんはそのうしろ姿をいまいましそうな、軽侮の眼で見やりながら、なんてまぬけなやつだ、と呟く。

「なんてやつだ」と六ちゃんは云う、「自分がどこをあるいてるかもわからねえんだからな、いなかもの」

そして、右の肱《ひじ》をあげてブレーキをがらがらと解き、コントローラーをセコンドに入れ、緩み終ったブレーキのハンドルを止めて握ると、左手で速度をあげ、どですか、でん、と進行してゆくのであった。

町内の人たちはもう六ちゃんに興味をもってはいない。六ちゃんはその町の風物の中に溶けこんでいるのだ。六ちゃん自身もかれらには無関心であるし、子供たちがわるくふざけたり、からかったりしても、ちょっと睨むだけで、まったく相手にならなかった。

中通りを三往復すると、六ちゃんはうちへ帰って休み、また三往復しては休みして、終電になる。その日の気分によって終電の時間はまちまちだが、途中で半助の飼い猫のとらに出会うと、電車を停めて抱きあげ、半助のいる「街」まで届けにゆくのであった。

とらは黒ずんだ三毛猫《みけねこ》の雄で、すばらしく大きい。顔はフットボールの球くらいもあって、まるく太く、軀もよく太っている。半助が飼うようになってからでも七年になるが、猫について見識のある人に云わせると、少なくみつもっても、十二、三年はとしをくっている、ということだが、この界隈《かいわい》でとらがボスのナンバー・ワンであることには、紛れがなかった。

「どうしたとら」六ちゃんは抱きあげたとらに話しかける、「今日はなにを停らした、とらはにゃあと答える。声は出ない、にゃあというように口はあくが、声は出さないのである。交尾期や日常の闘争で声帯を酷使するため、よほど必要なときでない限り、声は出さないように注意している、といったふうであった。

「どのくらい停めた」六ちゃんはまたたずねる、「三台か五台か、てんぷらは食ったか」

こんども猫はにゃあというように口をあき、眼を細くして喉《のど》を鳴らす。てんぷらと云っても、それは六ちゃんのうちのではなく、本通りのむこう側の新道《しんみち》にある「天松」という店の、本格的なてんぷら屋のものであるが、とらとてんぷらの関係については、のちに記すとしよう。

「うちへ帰るんだな」六ちゃんは電車の方向を変えながら云う、「よしよし、規則違反で監督にみつかるとうるせえが、おれの電車でつれてってやろう、しっかりつかまってな、スピードをあげるからな、ほら、どですかでん、どですかでん」

電車は古いから、そのままゆけるときもあるが、故障をおこすこともある。故障がおこると六ちゃんは舌打ちをし、電車を停めて運転台からおりる。肩にのせた猫をなだめながら、六ちゃんは電車の周囲をゆっくり点検してまわり、仔細ありげな渋い顔つきで、車躰を叩いたり、下を覗《のぞ》いてエンジンの連動部を見たり、シャフトの受け軸を足で蹴ったりし、それから空のほうを見あげて、架線とポールとの接触をたしかめたりする。

これらの動作はおどろくほど写実的で、初めて見る者には、それが単に空想の所産にすぎない、などとは信じられないに相違ない。点検してまわるときに描く長方形の各辺の長さは、そこに車躰があるという現実的な立体感を与えるうえに、どこかを叩いたり、足で蹴ったりするときには、その音が聞えるようなリアリティをもっているからだ。

「整備のやつら、みてやがれ」六ちゃんは呟く、「こいつがいくら古いからって、整備をずるけてもいいっていう法はねえ、入庫したらとっちめてやるからな、みてやがれ」

六ちゃんは運転台へ戻り、電車を発車させる。

「さあ、スピードをあげるぞ」六ちゃんは肩の猫に云う、「どですかでん、どですかでん」

中通りの南よりに、安八百屋と呼ばれる八百屋がある。ほかの店より三割がた安く売るそうで、かなり遠くからも買いに来る客があり、そのためそんな呼び名が拡《ひろ》まったものらしい。看板には「八百辰《やおたつ》」と書いてあった。

その八百屋と、靴の修繕をする小さな店のあいだに横丁があり、でこぼこで水溜《みずたま》りなどのある道が百メートルほど、西へむかって延びている。道の左右は古びて忘れられてしまったような、小さな家並が続き、そこを通りぬけると広い荒地へ出る。

そこは草原でもなくあき地とも云えなかった。赭土《あかつち》まじりの地面に、ところどころ草が生えているのは、老衰して毛の抜けた犬の横腹のようであり、見る限り石ころや欠け茶碗《ぢゃわん》や、あき缶や紙屑《かみくず》のちらばっている中に、ひねこびた櫟《くぬぎ》が五、六本かたまっていたり、幅二メートルほどのどぶ川を挟んで、灌木《かんぼく》の茂みがあったりするが、ぜんたいの眺めから受けるものは荒廃という感じでしかなかった。

六ちゃんはその原っぱを横切ってゆく。まばらに生えた草の中の踏みつけ道は、やがてどぶ川に遮《さえぎ》られる。それは荒地のほぼ中央にあり、一メートル五十くらいの深さで、両岸から蔽《おお》いかかる雑草や灌木をすかして見ると、油の浮いた青みどろの水の淀《よど》みに、欠けた椀《わん》や皿や、折れた箸《はし》や穴のあいたバケツなど、すでに役目をはたしたあらゆる器物、またしばしば、犬や猫の死躰などが捨ててあり、四季を通じて、この世がいとわしくなるような悪臭を放っていた。

六ちゃんはそのどぶ川をとび越える。そこは一種の境界なのだ。どぶ川の東側は中通りのある繁華街に属し、そこから西側は「街」の領分であって、どちらの人たちも、その境界を越えることはなかった。

これは「街」の住人たちが極めて貧しく、殆んど九割以上の者がきまった職を持たず、不道徳なことが公然とおこなわれ、前科者やよた者、賭博《とばく》者や乞食《こじき》さえもいるという理由から、近づくことをいやがられているのではなく、東側の人たちにとって、その「街」も住人も別世界のもの、現実には存在しないもの、というふうに感じられているためのようであった。

例のひねこびた櫟の脇をぬけるとすぐに、われらの「街」が見える。長屋が七棟《むね》、朽ちかかった物置のような独立家屋が五軒。一とかたまりではなく、寄りあったりちらばったり、不規則に、あぶなっかしく建っている。これらのうしろは高さ十五メートルほどの崖《がけ》で、崖の上は西願寺の墓地であるが、墓地そのものは、竹やぶや雑木林に蔽《おお》われていて見えず、ただその高くて岩肌のあらわな崖の、威圧的な量感とひろがりが、「街」のみじめな景観をきわだたせているように思えた。

六ちゃんはとらを肩にのせて、そちらへ近よってゆく。荒地には子供たちが遊んでいるが、決して六ちゃんを見ることはない。

荒地には子供だけでなく、内職のためになにかを割ったり、乾《ほ》したり、束ねたりする老人や、いくらかの手間賃になる雑多の仕事にはげむ老婆《ろうば》やかみさんたちもいるのであるが、これらもまた子供たちと同様に六ちゃんを見ようとはしない。かれらには六ちゃんが見えないのだ。ちょうどどぶ川の東側の人たちにとって、この住人たちが別世界のもの、現実には存在しないもの、という考えかたと同じ意味が、ここの人たちの場合にもあてはまるのだろう。――これはしいてなにかを暗示しようとするのではなく、われわれが日常つねに経験していることである。雑踏する街上において、劇場、映画館、諸会社の事務室において、人は自分と具体的なかかわりをもったとき初めて、その相手の存在を認めるのであって、それ以外のときはそこにどれほど多数の人間がいようとも、お互いが別世界のものであり、現実には存在しないのと同然なのである。

「もうすぐだぞ」六ちゃんはとらに云う、「そら、もうそこがおめえのうちだ」

彼はろじへはいってゆく。そこは左右が二階建ての長屋で、といっても一般のものとは違って棟が低く、二階は屋根裏と呼ぶほうがいいくらいで、立ってあるくことができなかった。――葺板《ふきいた》の屋根はもちろん、軒も庇《ひさし》も、不規則に曲ったり波を打ったりしているし、建物ぜんたいがあぶなっかしく傾いていた。長屋ぜんたいが一方へ傾いているのではなく、一部は前方へ、一部は後方へといったあんばいで、そのためろじの入口から眺めると、左右の長屋が一部では仲よく軒を接し、一部では敵意をもつかのようにお互いが相手から身をそらしているようにみえるのであった。

六ちゃんの肩から、とらはのたりと地面へとびおり、一軒の家の半分あいている格《こう》子《し》口へはいっていった。その格子はあけてあるのではなく、閉めることができないのだ。それ以上あけることもできないし、閉めることもできないので、ずっと以前からそのままになっているのであった。

「とらを送って来たよ」

六ちゃんが戸口でそう云うと切貼《きりば》りだらけの障子が二インチほどあいて、五十歳ばかりの痩《や》せた男が、顔の半分だけでこっちをのぞいた。それが半助であった。——臆《おく》病《びょう》で疑いぶかいなにかの動物が、穴からそっと外をうかがい、そこにいるのが無害な相手か、それとも危険な敵であるかを、よくよくたしかめたいとでもいうような、極めて慎重なのぞきかたであった。

「六ちゃんだね」半助は低い声で云った、「とらを送って来てくれたんだね」

「とらを送って来てやったよ」

「いつもすまないね」半助はあいそう笑いをした、「ありがとうよ」

だが、二インチほどあけた障子はそのままだし、あがれと云うようすもなかった。

六ちゃんはかぶっている――実在しない――帽子をぬぎ、手の甲で額をこすった。

「まだ信心しているかね」半助がきげんをとるような口ぶりできいた、「毎晩おそっ、さまに欠かさず信心をやっているかね」

「ああ」六ちゃんは答えた、「毎晩おそっ、さまに信心してるよ」

半助は溜息《ためいき》をついた、「おっかさんもたいてえじゃないね」

「だいじょうぶさ、心配なんかないよ、おれが付いているからな」

「うん、それはそうだ」

半助は気弱そうにそっと六ちゃんから眼をそらせた。六ちゃんは持っている――空想の――制帽の庇を撫でている、それから半助に問いかけた。

「おじさんの仕事はうまくいっているのかい」

「まあまあだね」

半助は眼で笑った、「うまくいってるっていうほどでもないが、まあそうわるいってこともないね、まあぼちぼちってところだね」

六ちゃんは「ふーん」と鼻で云った。

半助の脇からとらが顔を出し、六ちゃんを見て、大きく口をあけた。ないたのであろうが、やはり声は出ず、そのまま半助のうしろへ引込んだ。

「さて、――」

半助はそう云い、指で鼻の脇を撫でた。すると、それが別れを示す協定の合図であるかのように、六ちゃんは帽子をかぶり、片手を振って戸口からはなれた。

「ありがとよ」半助はそう云った、「おっかさんによろしくってな」

六ちゃんは黙ってろじを出ていった。

夜になり、寝る支度をしたあとで、母親のおくにさんは六ちゃんと二人、仏壇の前に坐る。仏壇には燈明がともり、線香の煙がゆれている。おくにさんが小さな団扇太鼓を手に持つと、六ちゃんがまず両手を突いておじぎをし、母親のためにお願いをする。

「なんみょうれんぎょう」彼は合掌し、あたかも仏壇の中におそつさま自身がいるかのような、純粋なしたしみと、信念のこもった表情で呼びかける、「――どうかかまいどのことでうるさいかもしれないが、どうかかあちゃんの頭がしっかりするように、よろしくお願いいたします、なんみょうれんぎょう」

それからおくにさんがお題目をとなえ、団扇太鼓を叩きだすと、六ちゃんがまたおじぎをし、仏壇に向って云った。

「かあちゃんのことは、とらんとこのおじさんも心配しています」

おくにさんは太鼓もお題目も中止して、けげんそうに六ちゃんのほうを見る、六ちゃんは母親をなだめるようにうなずいて云った。

「かあちゃん気にしなくっていいんだよ、気にするのがいちばん頭に毒だからな、だいじょうぶだよかあちゃん」

おくにさんは向き直って、お題目をとなえ始めた。

ひとごろし

大洲斉監督が『ひとごろし』として映画化

一

双子《ふたご》六兵衛《ろくべえ》は臆病者《おくびようもの》といわれていた。これこれだからという事実はない。誰《だれ》一人として、彼が臆病者だったという事実を知っている者はないが、いつとはなしに、それが家中《かちゆう》一般の定評となり、彼自身までが自分は臆病者だと信じこむようになった。

――少年のころから喧嘩《けんか》や口論をしたためしがないし、危険な遊びもしたことがない。犬が嫌《きら》いで、少し大きな犬がいると道をよけて通る。乗馬はできるのに馬がこわく、二十六歳になるいまでも夜の暗がりが恐ろしい。鼠《ねずみ》を見るととびあがり、蛇《へび》を見ると蒼《あお》くなって足がすくむ。――これらの一つ一つを挙げていっても、臆病者という概念の証明にはならない。それは感受性の問題であり、多かれ少なかれ、たいていの者が身に覚えのあることだからだ。

この話の出典は「偏耳録《へんじろく》」という古記録の欠本で、越前《えちぜん》家という文字がしばしばみえるし、「隆昌院さま御百年忌」とか、「探玄公、昌安公、御涼の地なり」などという記事もあるから、しらべようと思えば、藩の名を捜すのは困難ではないだろう。当時の越前には福井の松平、鯖江《さばえ》に間部《まなべ》、勝山に小笠原《おがさわら》、敦賀《つるが》に酒井、大野に土井の五藩があった。けれども「越前家」とひとくちに呼べるのは、まず福井の松平氏だと思うし、たとえそうでないにしても、話の内容にはさして関係がないから、ここでは福井藩ということにしておきたい。「偏耳録」によると、双子家は永代《えいたい》御堀支配という役で、家禄《かろく》は百八十石三十五人扶持《ぶち》だとある。城の内濠《うちぼり》外濠の水量を監視したり、泥《どろ》を浚《さら》ったり、石垣《いしがき》の崩れを修理したりするものらしい。のちにこれらは普請《ふしん》奉行の管轄《かんかつ》に移されたが、双子家の永代御堀支配という役はそのまま据《す》え置きになった。

要するに何十年かまえ、双子家は名目だけの堀支配で、実際には無役になってしまったのだ。そして、誰も気がつかなかったのか、それとも「永代」という文字に意味があったのか、六兵衛の代になっても、役目だけで実務なしという状態が続いていた。――この出来事が起こったとき彼は二十六歳、妹のかねは二十一歳であった。父母はすでに亡《な》くなり、僅《わず》かな男女の雇人がいるだけで、兄妹はひっそりとくらしていた。六兵衛も独身、妹のかねも未婚。親族や知友もあったのだろうが、兄にも妹にも、縁談をもちこむような人はいなかった。筆者であるわたくしには、このままの兄妹を眺《なが》めているほうが好ましい。当時としては婚期を逸したきょうだいが、世間から忘れられたまま、安らかにつつましく生活している、という姿には、云《い》いようもない人間的な深いあじわいが感じられるからである。――だが、話は進めなければならない。

「お兄さま、どうにかならないのでしょうか」とかねは云った、「わたくしもう、つくづくいやになりましたわ」

妹がなにを云おうとしているか、六兵衛はよく知っていた。それは周期的にやってくる女の不平であり女のぐちであった。

「今日はね」と彼は話をそらそうとした、「別部《わけべ》さんの門の前で喧嘩があって」

「お兄さま」かねは兄の言葉を容赦もなく遮《さえぎ》った、「あなたはわたくしの申上げたことが聞えなかったんですか」

「いや、聞いてはいたんだがね、喧嘩のことが頭にあったものだから」

「わたくしもう二十一ですのよ」

「ほう」彼は眼《め》をみはってみせた、「二十一だって、――それは本当かね」

「わたくしもう二十一です」

「ついこのあいだまで人形と遊んでいたようだがね」

「お友達はみなさんお嫁にいって、中には三人もお子たちのいる方さえあります、それをわたくしだけがまだこうして、白歯のままでいるなんて、恥ずかしくって生きてはいられませんわ」

「喰《た》べないかね」と彼は云った、「この菓子はうまいよ」

「この菓子はうまいよ」かねはいじ悪く兄の口まねをした、「お兄さまにはそんなことしか仰《おっ》しゃれないんですか」

この辺で泣きだすんだ、これがなによりもにがてだ、と六兵衛は思った。けれどもかねは泣かなかった。顔をこわばらせ、凄《すご》いような眼で兄の顔をにらみながら、ふるふると唇《くちびる》をふるわせた。

「お兄さまにも嫁にきてがなく、わたくしにも一度として縁談がございません」とかねは云った、「なぜだか御存じですか」

「そう云うがね、世間にはそういうことが」

「なぜだか御存じですか」

六兵衛は黙り、もしも女というものがみんな妹のようだとしたらおれは一生独身でいるほうがいいな、と心の中で呟《つぶや》いた。

「みんなお兄さまのためです」とかねはきっぱりと云った、「あなたが臆病者といわれているためなんです、侍でいて臆病者といわれるような者のところへは、嫁も呉《く》れはしないでしょうし、嫁に貰《もら》いてもないのは当然です、そうお思いになりませんか」

先月も同じ、先々月もそのまえも、定期的に何年もまえから、同じことを云われているように感じ、けれど六兵衛はそんなけぶりもみせず、よく反省してみるように、仔細《しさい》らしくなにかをみつめ、首をかしげた。

「そうだね」と彼は用心ぶかく云った、「そう云われてみれば」

「云われなければわからなかったと仰しゃるんですか」

「いやそんなことはない、そんなことはないさ、自分だってうすうすは感づいていたんだ」

「うすうす感づいていたんですって」とかねは膝《ひざ》の上の拳《こぶし》をふるわせながら云った、「――それならなにかなすったらいかがですか、なにかを、そうよ、臆病者などという汚名をすすぐために、もうなにかなすってもいいころではありませんか、そうお思いになったことはないんですか」

「自分でもときどきそう思うんだが」六兵衛は溜息《ためいき》をつきながら云った、「なにしろその、道に落ちている財布を拾う、というようなわけにはいかない問題だからね」

「お拾いなさいな」とかねは云った、「道にはよく財布が落ちているものですわ」

慥《たし》かに、彼は道に落ちていた財布を拾った。しかもたいへんな財布を。ここで「偏耳録」の記事を二三引用しなければならない。

――延享《えんきょう》二年十月五日、江戸御立、同十八日御帰城。三年丑《うしの》八月、将軍家重公御上洛《いえしげこうごじょうらく》。同年芳江比巴国山兎狩御出。

――兎狩のとき争論あり、御抱え武芸者仁藤昂軒《にとうこうけん》（名は五郎太夫《だゆう》、生国常陸《ひたち》）儀、御側《おそば》小姓加納平兵衛を斬《き》って退散。加納は即死、御帰城とともに討手のこと仰《おお》せ出《いだ》さる。

仁藤昂軒は剣術と半槍《はんそう》の名人で、新規に三百石で召し出され、家中の者に稽古《けいこ》をつけていた。六尺一寸という逞《たくま》しい躰軀《たいく》に、眼も口も鼻も大きかったらしい。特に鼻が目立っていたのだろうか、若侍たちはかげで「鼻」という渾名《あだな》で呼んでいた。――狩場でどんな争論があったのかはわからない、昂軒はちょっと酒癖が悪く、暇さえあれば酒を飲むし、酔えばきまって乱暴をする。剣術と半槍の腕は紛れもなく第一級であり、稽古のつけかたもきびしくはあるが本筋だった。彼は三年まえ、江戸で藩公にみいだされ、二百石十人扶持で国許《くにもと》へ来たが、三十一歳でまだ独身だったし、女に手を出すようなことはなかった。

——おれの女房《にょうぼう》は酒だ。

昂軒はつねにそう云っていたし、よそ者には心をゆるさない土地のならわしで、縁談をもちだす者もいなかった。お抱え武芸者として尊敬はされるが、人間どうしの愛情や劬《いたわ》りには触れることができない。それが「藩公にみいだされた」という誇りとかちあって、しだいに酒癖が悪くなったようであった。

狩場で斬られた加納平兵衛は、お側去らずといわれた小姓で、親きょうだいは江戸屋敷にいた。藩公は激怒され、すぐに追手をかけろと命じた。これは加納の家族とは関係がない、昂軒はおれに刃《やいば》を向けたのだ、上意討だ、と名目をはっきりきめられた。——昂軒は狩場からいちど帰宅したが、すぐに旅支度をして出ていった。そして出てゆくとき、彼は門弟の一人に向かって、これから北国街道をとって江戸へゆく、逃げも隠れもしないから追手をかけるならかけるがよい、と云い残した。

そこで誰を討手にやるか、という詮議《せんぎ》になったが、相手が相手なのでみんな迷った。彼なら慥《たし》かだ、という者もみあたらないし、私がと名のって出る者もない。だからといって一人の相手に、人数を組んで向かうのは越前家の面目にかかわる、どうすればいいかと、はてしのない評議をしているところへ、双子六兵衛が名のって出た。人びとは嘲弄《ちょうろう》されでもしたように、そっぽを向いて相手にしなかった。六兵衛は怯《おび》えたような顔で、唇にも血のけがなく、軀《からだ》は見えるほどふるえていた。よほどの決心で名のり出たのだろうが、名のり出たという事実だけで、もう恐怖にとりつかれているようすだった。

——よしたほうがいい、と一人が云った。返り討にでもなったら恥の上塗りだ。

だがほかの者は同意を示さなかった。六兵衛が臆病者だという評は、家中に隠れもないことだし、仁藤昂軒の耳にもはいっているかもしれない。その臆病者が討手に来たと知ったら、はたして昂軒はどう思い、どういう行動に出るか。そう考えた一人が、急に膝を打ち、そこにいる人びとを眼で招いた。

二

「かね、いるか」六兵衛は帰宅するなり叫んだ、「来てくれ、旅支度だ」

兄の居間へはいって来た妹のかねは、大きななりをして帰るそうそう、めしの支度だなんてなにごとですか、と云った。

「めしではない旅支度だ」

いよいよそうか、とでも云いたげに、かねは冷たい眼で兄を見た。世間の嘲笑《ちょうしょう》に耐えかねて、いよいよ退国する気になったのか、と思ったようである。

「そういそがなくともいいでしょう」とかねは云った、「片づけなければならない荷物だってあるし、それに」

「荷物なんぞいらない」六兵衛は妹の言葉を遮って云った、「肌着《はだぎ》と下帯が二三あればいいんだ、いそいでくれ」

おちつかない手つきで袴《はかま》をぬぎ、帯を解いている兄を見ながら、かねは心配そうに「なにかあったのか」ときいた。

「あったとも」と六兵衛が云った、「ながいあいだの汚名をすぐときがきた、御上意の討手を仰せつけられたんだ」

これを見ろと云って、脇《わき》に置いてあった奉書の包みを取って渡した。その表には「上意討之趣意」とあり、中には仁藤昂軒の罪状と、討手役双子六兵衛に便宜を与えてくれるように、ということが藩公の名でしたためてあった。藩公の名には墨印と花《か》押《おう》がしるされているし、宛名《あてな》のところには「道次諸藩御老職中」と書いてあった。かねは顔色を変えた。

「仁藤とは」とかねは兄に問いかけた、「あのお抱え武芸者の仁藤五郎太夫という人のことですか」

「そうだ、それに書いてあるとおり」と六兵衛は裸になりながら答えた、「あの仁藤昂軒だ、着物を出してくれ」

「とんでもない」かねはふるえだした、「やめて下さいそんなばかなこと、あの人は剣術と槍《やり》の名人だというではありませんか」

六兵衛はそう聞くなり両手で耳を塞《ふさ》ぎ、悲鳴をあげるような声で「着物を出してくれ、旅支度をいそいでくれ」と叫び、風呂舎《ふろや》のほうへ走り去った。かねはそのあとを追ってゆき、やめて下さいと哀願した。相手は名人といわれる武芸者、あなたは剣術の稽古もろくにしたことがない。返り討になるのは知れきっているし、そうなれば双子の家名も絶えてしまうだろう。わたくしがいつも不平や泣き言を云うので、あなたはついそんな気持になったのだろうが、あなたに死なれるより、まだ臆病者と云われるほうがいい。すぐにお城へ戻《もど》って辞退して下さい、これからはわたくしも、決して泣き言やぐちはこぼさない、どうかぜひとも辞退しにいって下さい。かねは涙をこぼしながらそうくどいた。

風呂舎で水を浴びながら、六兵衛は「だめだ」と云った。

「これは私のためだ」と彼は云った、「おまえの泣き言でやけになったのではない、私も一生に一度ぐらいは、役に立つ人間だということを証明してみせたいんだ」

「お兄さまは殺されてしまいます」

「そうかもしれない、だがうまくゆくかもしれない」六兵衛は軀を拭《ふ》きながら云った、「道場での試合ならべつだが、こういう勝負には運不運がある、仁藤昂軒は名人といわれ、自分の腕前を信じているが、私は臆病者だと自分で認めている、この違いは大きいんだぞ、かね、私はこの違いに賭《か》けて、討手の役を願い出たんだ」

「お兄さまは殺されます」と云ってかねは泣きだした、「お兄さまはきっと、返り討になってしまいますわ」

「たとえそうなったとしても」六兵衛はふるえ声で云った、「この役は御上意という名目だから、断絶するようなことはない、私はないと思う、おまえに婿《むこ》を取っても家名は立ててもらえるだろう、必ず家名は立つと私は信じている」

「わたくしが悪いんです」かねは咽《むせ》び泣きながら云った、「みんなわたくしが悪かったからです、お兄さま、堪忍《かんにん》して下さい」

「さあ早く」と六兵衛が云った、「旅支度を揃《そろ》えてくれ、泣くのはあとのことだ」

「偏耳録」によると、双子六兵衛は昂軒のあとを追って、三日めに追いついたという。ところは松任《まつとう》、町の手前の畷道《なわてみち》にかかったとき、六兵衛は昂軒の姿をみつけた。背丈が高く、肩の張った骨太の、逞しい軀つきは、うしろからひとめ見ただけで、それとわかった。六兵衛はわれ知らず逃げ腰になり、口をあいて喘《あえ》いだ。口をあかなければ喉《のど》が詰まって、呼吸ができなくなりそうだったからである。心臓は太鼓の乱打のように高鳴り、膝から下の力が抜けて、立っているのが精いっぱい、という感じだった。

「待て、おちつくんだ」と六兵衛は自分に囁《ささや》きかけた、「まずおちつくのが肝心だ、向うはまだ気づかない、いまのところはそれだけが、こっちの勝ちみだからな」

彼は全身のふるえを抑えようとし、幾たびも唾《つば》をのみこもうとした。ふるえはおさまらないし、口はからからで、一滴の唾も出てこなかった。昂軒はゆっくりと遠ざかってゆく、大きな編笠《あみがさ》をかぶっているが、その笠が少しも揺れないし、歩調は静かで、その一歩々々が尺で計ったように等間隔を保ってい、乾ききっている道だのに、足もとから埃《ほこり》の立つようすもなかった。

「武芸者もあのくらいになると」と六兵衛は呟いた、「あるきかたまで違うんだな」

彼は感じいったように首を振り、そろそろあるきだした。

昂軒は松任で宿をとった。六兵衛はそれを見さだめてから同じ宿に泊り、明くる朝、昂軒がでかけるのを待って、あとからその宿を立った。昂軒と同宿しているということで、六兵衛はおちおち眠ることができなかった。どうすれば討てるかと、いろいろと思案したけれども、これというまい手段が思いうかばず、ともすると「荒神《こうじん》さま」という言葉にひっかかった。

「なにが荒神さまだ」と彼は昂軒のあとを跟《つ》けてゆきながら首をひねった、「こんなところへなんのために荒神さまが出てくるんだ」

仁藤昂軒は金沢へは寄らず、北国街道をまっすぐにあるいていった。金沢城下は騒がしく、なにやらものものしい警戒気分が感じられた。往来の者の話を聞くと、将軍家重が上洛《じょうらく》するとのことで、怪しい人間の出入りを監視している、ということであった。将軍家の上洛なら東海道であろう、こんなに遠い加賀のくにで、往来の者を警戒するなどとはばかげたことだ。そう云ってあざ笑う者もいた。――昂軒が金沢城下を避けたのは、そんな騒ぎに巻き込まれたくなかったからであろう。将軍上洛のことは、「偏耳録」に延享三年丑《うしの》八月と記してあるから、このときは七月から八月へかけての出来事とみることができる。すなわち新暦にすると盛夏の候で、北国路でも暑さのきびしい時期だったに違いない。——乾いた埃立つ道をあるき続けながら、双子六兵衛はしだいにうんざりしてきた。自分のしていることがばからしくなり、上意討という名目のそらぞらしさ、そんなことで日頃《ひごろ》の汚名をすすごうと思った自分の愚かさ、などについて反省し、昂軒が狩場で加納を斬ったのは、昂軒の個人的な理由があったのだろうし、このおれには関係のないことだ。そんなことを考えながら、汗を拭き拭きあるいていると、突然うしろから呼びかけられた。

「おい、ちょっと待て」とその声は云った。「きさま福井から来た討手じゃないのか」

六兵衛はぞっと総毛立ちながらとびあがった。とびあがって振り返ると、仁藤昂軒がうしろに立っていた。

「その顔には見覚えがある」と昂軒は編笠の一端をあげ、ひややかな、刺すような眼で、じっと六兵衛を睨《にら》んだ、「——うん、慥かに覚えのある顔だ、きさま討手だろう、おれのこの首が欲しいのだろう」

六兵衛は逆上した。全身の血が頭へのぼって、殆《ほと》んど失神しそうになった。

「ひとごろし」六兵衛はわれ知らず、かなきり声で悲鳴をあげた、「誰《だれ》か来て下さい、ひとごろしです、ひとごろし」

そして夢中で走りだし、走りながら同じことを叫び続けた。どのくらい走ったろうか、息が苦しくなり、足もふらふらと力が抜けてきたので、もう大丈夫だろうと振り返ってみた。白く乾いた道がまっすぐに延びてい、右手に青く海か湖の水面が見えた。道の左右は稲田で、あまり広くない街道の両側には松並木が続き、よく見ると、道の上には往来する旅人や、馬を曳《ひ》いた百姓などが、みんな立停《たちどま》って、吃驚《びっくり》したようにこっちを見ていた。——十町ほど先で道が曲っているので、おそらくまだそっちにいるのだろう、仁藤昂軒の姿は見あたらなかった。

「逃げるんだ」と彼は自分に云いきかせた、「いまのうちに逃げるんだ、早く」

六兵衛は激しく喘ぎながら、いそぎ足にあるいてゆき、やがて右手に、松林のある丘をみつけると、慌《あわ》ててその丘へ登り、松林の中へはいっていった。六兵衛は笠をぬぎ、旅嚢《りょのう》を取って投げると、林の下草の上へぶっ倒れた。

「危なかった」と彼は荒い息をつきながら呟《つぶや》いた、「もう少しで斬られるところだった、あいつがうしろにいようとは思わなかったからな、いつ追い越してしまったんだろう」

六兵衛は眼《め》を細めた。仰《あおむ》向けになった彼の眼に、さし交わした松林の梢《こずえ》と、梢の高いかなたに、白い雲の浮いた青空が見えた。おれはとんまなやつだな、と六兵衛は思った。臆病《おくびょう》なうえにまがぬけている、追いかけている人間を追い越したのも知らず、逆にうしろから相手に呼びとめられた。へ、いいざまだ。そんなふうに自分を罵倒《ばとう》しているうと、ふいに「荒神さま」のことを思いだした。

「そうか」と彼は眉《まゆ》をしかめた、「子供のときの話だったか」

幼いころ母から戒められたことがある。窓から外へ湯茶を捨てるものではない、家の周囲にはいつも荒神さまが見廻《みまわ》っているから、捨てた湯茶が荒神さまにかかるかもしれないし、そんなことになると罰《ばち》が当る、というのであった。

三

荒神さまといえば、とにかく神であろう。神ならなにごともみとおしな筈《はず》であるのに、窓から捨てられる湯や茶がよけられず、ひっかけられてから怒って罰を当てる、というのはだらしのないはなしである。荒神さまが本当に、だらしのない神であるかどうかはわからないが、神でさえ、不意に投げ捨てられた湯茶を避けられないとすれば、人間である昂軒はなおさら避けることができないだろう。六兵衛のあたまの中で、無意識にそのことがちらちらしていたのであった。

「そうか、そんなことだったのか、ばかばかしい」と彼は高い空を見あげたままで呟き、大きな溜息《ためいき》をついた、「――そうだとすれば、追いかけている相手にうしろから呼びとめられるなんて、おれこそ荒神さまみたようなもんじゃないか、ふざけたはなしだ」

ふざけたようなはなしだ、と呟きながら、六兵衛は自分のみじめさに涙ぐんだ。これからどうしよう、福井へは帰れないし、重職から与えられた路銀には限りがある。どこか知らない土地へいって、人足にでもなってやろうか、――そんなふうに思いあぐねていると、くに訛《なま》りのつよい言葉で、人の話しあう声が聞えてきた。

「人殺しだって、ほんとか」と一人の声が云《い》った、「それで、誰か殺されたのか」

「うまく逃げた」と他の声が云った、「お侍だったがうまく逃げた、逃げたほうが勝ちよ、相手はおめえ鬼のような凄《すご》い浪人者で、十人や二十人は殺したような面構《つらがま》えをしていた、嘘《うそ》じゃねえ、往来の衆もみんなふるえあがって、てんでんばらばら逃げだしたもんだ」

「ふーん」と初めの声が云った、「おら、これから御城下までゆくつもりだが、その浪人者はまだいるだかえ」

「いまごろは笠松《かさまつ》の土橋あたりかな」と片方の声が云った、「御城下へゆくのは一本道だ、危ねえからよしたほうがいいぞ」

そういうことならいそぐ用でもないから、今日はここから帰ることにしよう、と初めの男の声が云い、その二人の話し声は遠のいていった。街道でゆき会った百姓たちであろう、あたりが静かだから、ここまで聞えてきたのだろうが、十人や二十人は殺したような面構え、という言葉は、六兵衛の耳に突き刺さり、改めてぞっと身ぶるいにおそわれた。

「だが、待てよ」暫《しばら》くして彼はそう呟き、高い空の一点に眼を凝らした、「だが待て、ちょっと待て、なにかありそうだぞ、よく考えてみよう」

彼の顔は仮面のように強《こわ》ばり、呼吸が静かに深くなった。彼は荒神さまを押しのけた。隙《すき》を覘《ねら》うという策はだめだ、現にそれは失敗し、なさけないほどみじめなざまをさらしてしまった。とすれば、この失敗を逆に利用したらどうか、「人殺し」という叫びを聞いて、土地の者が恐れ惑った。いま街道で話していた百姓も、城下まで用があって来たのに、そういう浪人者がいると聞き、用事を捨てて引返した。話を聞いただけで引返した。聞いただけで、ただ話を聞いただけで。

「そうか」と呟いて彼は上半身を起こした、「おれは臆病者だ、世間には肝の坐《すわ》った名人上手よりも、おれやあの百姓たちのような、肝の小さい臆病な人間のほうが多いだろう、とすれば」

そうだとすれば、と呟いて彼は微笑し、「とすれば」という言葉をこれでもう三度も口にした、と自分を非難し、口をあいて、声を出さずに笑った。

「その手だ」と彼は笑いやんで呟いた、「おれの臆病者はかくれもない事実だからな、いまさら人の評判を気にする必要はない、よし、この手でゆこう」

双子六兵衛は立ちあがり、旅嚢を肩に、笠をかぶって松林から出ていった。仁藤昂軒はもうそこを通り過ぎていたが、大きな編笠と、際立《きわだ》って逞《たくま》しいうしろ姿は、六兵衛の眼にすぐそれと判別することができた。六兵衛はいそぎ足に追ってゆき、二十間ばかり手前で足をゆるめた。

「よしよし、そんなふうに威張っていろ」と六兵衛は昂軒のうしろ姿に向かって呟いた、「威張っているのもいまのうちだからな、——いまにみていろよ」

稲田にはさまれた道の右側に、小高くまるい塚《つか》のようなものがあり、そこだけひと固まりに松林が陽蔭《ひかげ》をつくってい、その陽蔭に小さな掛け茶屋があった。あの茶店へはいるなと、六兵衛は思った。昂軒はその茶店へはいり、笠をぬぎ旅嚢を置いて腰掛けに掛けて汗をぬぐった。六兵衛はそれを見さだめてから、十間ほどこっちで立停り、大きな声で叫びたてた。

「ひとごろし」と彼は叫んだ、「その男はひとごろしだぞ、越前《えちぜん》福井で人を斬《き》り殺して逃げて来たんだ、いつまた人を殺すかわからない、危ないぞ」

六兵衛は三度も続けて同じことを叫んだ。小説としてはここが厄介《やっかい》なことになる。その叫びを聞いて昂軒が立ちあがるのと同時に、茶店の裏から腰の曲った老婆《ろうば》と、四十がらみの女房《にょうぼう》がとびだし、小高くまるい塚のような、円丘のほうへ逃げてゆくのが見えた。

「黙れ」と昂軒が喚《わめ》き返した、「おれにはおれの意趣があって加納を斬った、おれは逃げも隠れもしない、北国街道をとって江戸へゆくと云い残した、討手のかかるのは承知のうえだ、きさまが討手ならかかって来い、勝負だ」

六兵衛はあとじさりながらどなった、「そううまくはいかない、勝負だなんて、斬りあいをすればそっちが勝つにきまっているさ、私は私のやりかたでやる、この、ひとごろし」

「卑怯者《ひきょうもの》」と昂軒は喚き返した、「それでもきさまは討手か、勝負をしろ」

昂軒は大股《おおまた》にこっちへあるいて来、六兵衛はすばやくうしろへ逃げた。逃げながら「ひとごろし」と叫んだ。その男は人殺しである、側《そば》へ寄るな、いつまた人を殺すかもしれない、危ないぞと、繰返し叫びたてた。道には往来の旅人や、ところの者らしい男女がちらほら見えたが、六兵衛の叫びを聞き、昂軒のぬきんでた逞しい容姿を見ると、北から来た者は北へ、南から来た者は南へと、みな恐ろしそうに逃げ戻《もど》っていった。昂軒は「勝負をしろ」といって近づいて来、六兵衛は「ひとごろし」と叫びながらあとじさりをした。

「卑怯者」と昂軒は顔を赤くしながら喚きかけた、「きさまそれでも侍か、きさまそれでも福井藩の討手か」

「私はこれでも侍だ」と逃げ腰のまま六兵衛が云った、「上意討の証書を持って、おまえを追って来た討手だ、だが卑怯者ではない、家中《かちゅう》では臆病者といわれている、私は自分でもそうだと思っているんだ、卑怯と臆病とはまるで違う、おれは討手を買って出たし、その役目は必ずはたす覚悟でいるんだ」

「ではどうして勝負をしない、おれが勝負をしようというのになぜ逃げるんだ」

「勝負はするさ」と六兵衛は答えた、「——但《ただ》し私のやりかたでだ」

昂軒はじっと六兵衛の顔を見まもった。なにが彼のやりかたか、ということをみきわめようとしているらしい。六兵衛は歯をみせて笑った。それは、人がいきなり恐怖におそわれた場合、叫びだすまえに笑うような、笑いではない笑いかたであった。現に、彼は笑うどころではなく、全身でふるえ、額や腋《わき》の下にひや汗をかいていた。

「必ず役目をはたすって、おかしなやつだ」と昂軒は云った、「いいだろう、おれは断じて逃げも隠れもしない、ゆだんをみすまして寝首をかくつもりかもしれないが、そんなことでこのおれを討てると思ったら、大間違いだぞ」

「さあ、どうかな」と云って六兵衛はまた歯をみせた、「それはわからないぞ、仁藤昂軒、それだけはわからないぞ」

昂軒は眉をしかめ、片手を振って茶店のほうへ戻った。双子六兵衛はあとからついてゆき、十間ほど手前で立停り、昂軒のようすを見まもった。昂軒はどなっていた、茶を持ってこいというのである。けれども、さっきの腰の曲った老婆と、その娘らしい四十がらみの女房とは、茶店の裏から逃げだしていった。昂軒がいくらどなっても、彼女たちが戻ってくる公算はない、つづめていえば、仁藤昂軒は一杯の渋茶も啜《すす》れないのである。

「それみろ」とこっちで六兵衛が呟いた、「いくら喚き叫んでも人は来やあしない、おまえは人殺しだからな、これからずっとそれがついてまわるんだ、くたびれるぞ」

茶店の女たちはついに戻らず、昂軒はやむなく、一杯の渋茶も啜らずにその店を出ていった。その夕方、仁藤昂軒は高岡というところで宿をとった。ここも天領で、松平淡路守《あわじのかみ》十万石の所領に属する。六兵衛はあとをつけてゆき、昂軒が宿へはいるなり、表の道から「ひとごろし」と叫んだ。

「その侍は人殺しだぞ」と彼は昂軒を指さしながら声いっぱいに叫びたてた、「気にいらないことがあるとすぐに人を殺す、剣術と槍《やり》の名人だから誰にも止めることはできない、そいつは人殺しだ、危ないぞ」

洗足《すすぎ》の盥《たらい》を持って来た小女が、盥をひっくり返して逃げ、店にいた番頭ひとりを残して、他の男や女の雇人たちはみな、おそるおそる奥のほうへ姿を消した。

「人殺しだ」と六兵衛はこっちから、昂軒を指さしながら叫んだ、「その侍は人殺しだ、危ないから近よるな、危ないぞ」

高岡はさして大きくはないが繁華な町であり、夕刻のことで往来する男女も多かった。それらが六兵衛の声を聞くなり、みんな自分たちの来たほうへあと戻りをするか、いそぎ足で恐ろしそうに通り過ぎていった。

「卑怯者」と云って昂軒が表へとびだして来た、「そんなきたない手でおれを困らせようというのか、女の腐ったような卑怯みれんな手を使って、きさまそれで恥ずかしくはないのか」

「ちっとも」と云って六兵衛はゆらりと片手を振った、「あなたには剣術と槍という武器がある、私には武芸の才能はない、だから私は私なりにやるよりしようがないでしょう、あなたの武芸の強さだけが、この世の中で幅をきかす、どこでも威張ってとおれる、と思ったら、それこそ、あなたの云ったように大間違いですよ、わかるでしょう」

「ちょっと待て」と昂軒が云った、「するときさま、これからもずっとこんなことをするつもりか」

六兵衛は頷《うなず》いた。いかにもさよう、というふうに双子六兵衛は大きく頷いた。

「そんなことは続かないぞ」と昂軒は同情するように云った、「町人や百姓どもなら、きさまの言葉に怯《おび》えあがるかもしれない、だが侍は違う、侍には侍の道徳がある、きさまの卑怯なやりかたに、加勢する者ばかりはいないぞ」

「ためしてみよう」と六兵衛は逃げ腰になったままで答えた、「いざとなれば上意討の証書を出してみせるからね、それに、侍にだってそう武芸の達人ばかりはいないでしょう、たいていは私のように臆病な、殺傷沙汰《さつしょうざた》の嫌《きら》いな者が多いと思う、私はそういう人たちを味方にするつもりなんだ」

昂軒は顔を赤黒く怒張させ、拳《こぶし》をあげて、「卑怯者、臆病者、侍の風上にもおけないみれん者」などと罵《ののし》った。あんまり語彙《ごい》は多くないとみえ、同じ言葉を繰返しどなり続けた。六兵衛は用心ぶかくあとじさりしながら、人殺し、おまえは人殺しだ、みなさん、この男は人殺しですよ、と喚きたてた。道には往来の者が多く、六兵衛の声を聞くなり、それぞれが元来たほうへ駆け戻っていった。かれらの足許《あしもと》から舞いあがる土埃《つちぼこり》で、道の上下は暫く灰色の靄《もや》に掩《おお》われたようであった。

「卑怯者」と昂軒が刀の柄《つか》に手をかけてどなった、「きさまが討手なら勝負をしろ」

「勝負といっても、こっちに勝ちみのないことはわかっている」六兵衛はまたあとじさった、「私は私の流儀でやるつもりだ」

「きさまそれでも武士か」

「どう思おうとそっちの勝手だ、私は私のやりかたで役目をはたすよ」

「みさげはてたやつだ」昂軒は道の上へ唾《つば》を吐いた、「福井にはきさまのような卑怯者しかいないとみえるな」

「人殺しよりは増しだろう、とにかく、ゆだんは禁物だということを覚えておくんだね」

昂軒は追いかけようとしたが、それより先に六兵衛が逃げだした。その動作の敏速なことと、逃げ足の速いことはおどろくばかりであり、昂軒はすぐに追いかけるのを諦《あきら》めた。

「そうだ、思いだした」と昂軒は呟いた、「あいつはたしか双子なんとかいう、福井家中に隠れもない臆病者だ、あんな男を討手によこすなんて、福井の人間どもはどういうつもりだろう」

どういうつもりもない、討手を願い出たのは彼だけだったということを、読者はすでに御存じの筈である。そしてこれは、深いたくらみや計画されたことではなく、あの丘の松林の中で聞いた二人の百姓の話から思いついた方法であり、双子六兵衛にとってそのほかに手段はないのであった。――昂軒が掛け茶屋へはいれば、六兵衛は道の上から「人ごろし」と叫ぶ。その男は福井で人を殺して来た、いつまた人を殺すかもしれない、その男の側へは近よらないほうがいい、「その男はひとごろしだ」用心をしろと喚きたてる。まず茶店にいた客たちが銭を置いて逃げだし、次に茶店の者たちが逃げだし、昂軒は一杯の渋茶にもありつけず、六兵衛に悪口雑言をあびせながら、茶店を出てゆくという結果になるのであった。

宿屋でも同様で、昂軒が店へはいろうとすると同じことを叫ぶ。たいてい店の者に断わられるが、強引に泊り込むときもある、そうすると彼もその宿に泊って、明くる朝のことを頼む、あの侍が出立するときは起こしてくれと頼み、一と晩じゅうこちらからどなりたてる。

「十番に泊っている侍は人殺しですよ」と或《あ》る夜は叫び続ける、「あの侍は人殺しです、いつなにをしでかすかわかりません、みなさん気をつけて下さい、あの侍に近よると危ないですよ」

昂軒がとびだして来ると、六兵衛はすばやく逃げ、逃げながらも叫び続ける。そらあのとおり、あいつは人殺しです、見境もなく人を殺す男です、みなさん用心をして下さい。すると道をゆく人たちは逃げ、店屋は慌《あわ》てて大戸を閉めるのであった。昂軒も手を束《つか》ねていたわけではなく、物蔭や藪《やぶ》や雑木林に隠れて、六兵衛の不意を襲おうと幾たびかこころみた。けれど一度も成功しなかった。臆病者の六兵衛はあくまで慎重であり用心ぶかく、殆《ほと》んど摑《つか》まえたと思ったときでも、昂軒の手を巧みにすりぬけて逃げた。まるでしろうとが鰻《うなぎ》を摑みでもするように、するすると昂軒の手をすりぬけ、風のようにすばやく、逃げてしまうのである。ある宿屋では、逃げだした老人がびっこをひきながら、自分の右足の膝《ひざ》には軟骨が出ていて、医者にかかってもよく治らない、だからよく走れないのだが、どうか斬らないでもらいたいと、泣き泣き哀訴しながら、よたよたとよろめいていた、という悲しいけしきもあった。そして高岡というところへ来たとき、意外なことが起こった。高岡は富山松平家十万石の所領であり、城下町の富山よりもおちついた、静かな風格のある町だった。昂軒は本通りの松葉屋市兵衛という宿に泊り、六兵衛もよく見定めてから同じ宿で草鞋《わらじ》をぬぎ、特に帳場の脇《わき》の行燈《あんどん》部屋に入れてもらった。それから例によって、夕食を運んで来た女中にるのことをきくと、二階の「梅」にいること、いま風呂《ふろ》からあがって酒を飲んでいること、向うでも六兵衛を気にしていること、などを詳しく話した。そこで彼は女中に心付をはずみ、その侍は大悪人であり、自分は討手として追っている者だ。もしかすると隙《すき》をみて逃げだすかもしれないから、よく見張っていてくれと頼んだ。女中は承知をし、どんなことがあってもみのがしはしない、とりきんで頷いた。

夕食のあと六兵衛はざっと湯を浴び、汗臭い着物に埃だらけの袴《はかま》や脚絆《きゃはん》をつけて、半刻《はんとき》ばかり横になって眠った。ながくは寝ていられない、あいつを休ませるばかりだからな、おれの勝ちみはあいつをへとへとにさせることだけなんだぞ。眠りながらそんなことを思っていると、誰《だれ》かに呼び起こされた。六兵衛は吃驚《びっくり》してとび起き、どうした、なにかあったのかときいた。さっきの女中がなにか知らせに来たもの、と直感したのであるが、そうではなくて、十七八とみえる美しい娘が、彼を見おろして立っているのであった。——娘はほっそりした小柄《こがら》な軀《からだ》で、おもながな顔に眼鼻だちのはっきりした、六兵衛にとって生れて初めて見るような美しい姿をしていた。けれども娘の表情は、怒ったときの妹のかねのそれとよく似ていい、彼には美人だなという感想よりも、この娘は怒っているなという感じのほうが先にきた。

「まあ呆《あき》れた」娘は行燈の火を明るくし、六兵衛のようすを吟味するように見て云った、「──あなたはいつもそんな恰好《かっこう》で寝るんですか」
「そんなことはない」六兵衛は首を振った、「にんげん誰だって、いつもこんな恰好で寝るわけにはいかないでしょう、それとも、あなたはできますか」
「あたしは女中のさくらから事情を聞きました」娘は彼の言葉など聞きながして云った、「あなたはうちの二階にいるお客を、闇討《やみう》ちにしようとしているそうですね」
六兵衛はちょっと考えてから反問した、「それはどういうことですか」
「きいているのはあたしのほうです」
「私は闇討ちをしようなんて、考えたこともありませんよ」
「その恰好で」と娘は六兵衛の着ているものを指さした、「女中に金を握らせて二階にいる客を見張らせるなんて、それが正しいお侍のなさることでしょうか」
「これには仔細《しさい》があるんです」
娘は坐《すわ》って、膝へきちんと両手を置いた、「うかがいましょう」と娘は云った、「あたしはおようといって十七歳ですが、両親に亡《な》くなられたあと三年も、この宿の女あるじとしてやってきました、そのあいだにいろいろなことも経験し、男女のお客も見てきています、話すことがしんじつか、でたらめな拵《こしら》えごとかどうかぐらい、見分け聞き分けるちからはもっているんですから」

妹のかいねと同じだな、六兵衛はそう思い、額の汗を手の甲でぬぐった。すると妹の「兄さんが臆病者《おくびょうもの》だから、自分はこのとしまで縁談ひとつなかったのだ」という思い詰めた言葉と、しんけんな顔つきが思いうかび、その回想に唆《け》しかけられるかのように、六兵衛は大きく、あぐらをかいて坐り直した。

「よろしい」と彼は云った、「これから私の話すことが、あなたにとってどう判断されるかわからない、だが私はそんなことをぬきにして、正直に自分の立場を話す」

そして彼は語った。たぶんこんな十七歳の小娘などには理解してもらえないだろう、と思いながら、これまでのゆくたてを詳しく語った。彼にとっては思いがけないことだが、娘は話をよく理解してくれた。彼女は涙ぐみ、呼びに来た女中や番頭を追い返して熱心に聞き、六兵衛が討手を願い出たところでは、眼《め》がしらを押えて涙をこぼしさえした。

「さあ云って下さい」話し終ってから六兵衛が娘を見た、「これで話は全部です、あなたはこの話を信じますか信じませんか」

「あたしが悪うございました」と云って娘は咽《むせ》びあげた、「堪忍《かんにん》して下さい、疑ぐったりして申訳ありませんけれど、その代り、あたしもお手伝いをさせていただきますわ」

六兵衛は不審そうに娘の顔を見、娘のおようは彼のほうへ、膝ですり寄った。

四

おようは番頭に、あとのことを一切任せ、旅支度で六兵衛といっしょに高岡を立った。土地では古い宿とみえ、旅切手もすぐ手にはいったし、旅費の金もたっぷり用意したらしい。

そんなことよりも「お手伝い」というのがさらに現実的であり、大きな効果をあげた。これまでは六兵衛ひとりで追い詰めて来たのだが、高岡からはおようという交代者ができたのだ。

すなわち、六兵衛が休んだり眠ったりしているとき、おようが代って「ひところし」と叫びたてるのである。

「その侍は人殺しです」と彼女は昂軒を指さして叫ぶ、「越前の福井で人を殺して逃げたんです、いつまた暴れだして人を殺すかもしれません、みなさん用心して下さい」

そうして充分に休息し、眠りたいだけ眠った六兵衛が、おように代るという仕組であった。これは昂軒にとって大打撃であった。

彼は掛け茶屋にも寄れず、宿屋でゆっくり眠ることもできなかった。「ひとごろし」という叫びを聞くと、茶店の者は逃げてしまうし、宿屋でも相手にしない。客が満員だからとか、食事の給仕をする者もろくにない。泊り客たちが逃げだすのはいうまでもないし、宿の者や雇人たちも近よろうとしないのであった。こちらの二人はゆうゆうとしていた。

「あたし本当のことを云《い》うわ」おようは娘らしいしなをつくりながら云った、「あたしの本当の名はおとらっていうんです、兄が一人、姉が一人、小さいときに死んだものですから、この子は丈夫に育つようにって付けたんですって」

「よくあるはなしですよ」

「だっていやだわ、おとらだなんて」おようは鼻柱に皺《しわ》をよせた、「ですからあたし、自分で名を選びましたの、初めに付けたのがおゆみ、それも気にいらなくって次ははな、それからせき、去年まではさよっていってましたの」

「そしておようさんですか」

「昔のお友達に同じ名の、しとやかで温和《おとな》しい人がいたんです」

「しとやかで温和しいとね」

「いやだわ」おようは赤くなった、「そういうお友達がいたって云っただけですのよ」

その他もろもろのことで、二人の話はしだいにやわらかく、親密になっていったが、六兵衛がそんなことで役目を忘れた、などとは思わないでいただきたい。現に富山城下へ着いたときのことだが、昂軒が宿屋へはいろうとするのを見て、当番だった六兵衛が、例のとおり喚《わめ》きだし、宿の前はこわいもの見たさの群集が、遠巻きに集まって来た。すると、町方与力《まちかたよりき》とみえる中年の侍が、同心らしい二人の男をつれてあわれ、六兵衛の前に立ちはだかった。

「ここは松平淡路守さま十万石の御城下である」とその中年の侍が云った、「かような時刻に町なかで、ひとごろしなどと叫びたて、往来の者を威《おど》し騒ぎを起こすとは不届きなやつだ、役所まで同行しろ」

越前の言葉も訛《なま》りがひどい。

だが富山の言葉はもっと訛りがひどいので、正確なところは解釈しにくかったけれども、大体な意味だけは推察することができた。

そこで六兵衛は事情のあらましを語り、上意討趣意書を出して、その中年の侍に読ませた。

「これはこれは」とその中年の侍は読み終って封へ入れてから、三拝して趣意書を彼に返し、これはまことに御無礼と、急に態度を改めた、「かような仔細があるとは少しも知らず、失礼をつかまつった」

その中年の侍は古風な育ちとみえ、道にころがっている石ころのように古くさい、きまり文句でながながと詫び言《わごと》を並べ、自分の思い違いを悔やんだ。六兵衛にはその半分もわからず、この男は正真正銘の田舎侍だな、などと思いながら聞いていた。

「かように仔細がわかった以上」と中年の侍は続けた、「わが藩としても拱手傍観《きょうしゅ》はできません、すぐさま奉行所の人数を繰出して、この宿の見張りをさせましょう、あなたはゆっくり休息して下さい、その武芸者になにかあったら即刻お知らせをします、宿はこの向うの田川がいいでしょう」

宿賃の心配は無用、ほかになにか希望があったら、それも聞いておきましょうと、念のいった親切ぶりをみせた。

「あなたにうかがいたいことがあるんだけれど」と、田川屋へ泊ってからおようが云った、「こんなことうかがうのは失礼かしら」

宿帳にはこれまでどおり兄妹と書いたので、二人は八帖《じょう》の座敷に夜具を並べて寝ていた。

「聞いてみなければわからないな」と六兵衛は答えた、「――尤《もっと》も、なにをきかれるかはおよそ見当がつくけれどね」

「あらほんと」おようは枕《まくら》の上で頭をこっちに向け、つぶらな眼をみはった、

「そんならなにをきくと思って」

「うう」と彼はあいまいな声をだし、それから溜息《ためいき》をついて云った、「たぶん私には、上意討ができないだろう、ということじゃないかな」

「そのことなら心配はしていません」

こんどは六兵衛が振り向いた。

「ええそうよ」とおようは彼に微笑してみせた、女が心から信頼する男にだけしか見せないような、匂《にお》やかな微笑であった、「昂軒っていうんですか、あの人はもう疲れきって、身も心もくたくたになっています、いまならあたしにだってやっつけられますわ」

「そうはいかない、武芸の名人ともなれば、いざという場合になると吃驚するように変るものだ、吃驚するようにね」と云って六兵衛は深い太息《といき》をついた、「——あいつを仕止めるには、まだ相当に日数がかかるよ」

「あたしがうかがいたいのはそんなことではないんです」とおようが云った、「思いきって云いますけれど、はしたない女だと思わないで下さい」

彼は「そんなことは思わない」と答えた。肝心の話にはいるまでの男女の問答は、およそ紋切り型であるし、退屈至極なものときまっているようだ。そこでその部分をはしょって、本題にはいることにしよう。

「あなたにはもう奥さまがいらっしゃるんですか」とおようがきいた。

「私にですか」と六兵衛はおどろいたように問い返した、「私が隠れもない臆病者だということは、初めての晩に話した筈《はず》です、そのため妹は二十一にもなるのに縁談もない、そんな人間のところへ来るような嫁がありますか」

「では結婚なすったことは一度もないんですのね」

六兵衛は黙って頷《うなず》いた。

「でも」とおようは疑わしげにきいた、「お好きな方の二人や三人はいらっしゃるんでしょう」

「さてね」彼は恥ずかしそうに天床《てんじょう》を見た、「家中《かちゅう》随一の臆病者と、小さいじぶんから云われどおしでしたから、美しい娘を見ても、いそいで眼をそらしたり逃げだしたり、——私にはこれまで、好きな娘なんか一人もいませんでしたよ」

「ずいぶんばかな御家中ね、なにも武芸に強いばかりがお侍の資格ではないじゃありませんか」

「世間ではからかう人間が必要なんですよ」と六兵衛はまた溜息をついた、「誰にもしんからのわるぎはないんだと思う、よそのことは知らないが、どこでも一人ぐらいは臆病者と呼び、そう呼ばれても怒らないような人間が必要なんだと思います」

「それであんた」思わずはしたない呼びかけをして、おようは赤くなった、「どうしてもあの人を討つ気なんですか」

「さもなければ、妹は一生嫁にゆけないんですからね」

「あなたのことはどうなんですか」

「私のなにがです」

「お嫁さんのことよ」とおようがさぐるようにきいた、「上意討が首尾よくいけば、あなたにもお嫁さんに来る人がたくさんあるんでしょ」

六兵衛はちょっとのま考え、それから枕の上でそっと首を振った、「そうは思いませんね」と彼は陰気な口ぶりで云った、「——臆病者というのはこの私です、妹は嫁にゆけるかもしれないが、臆病者と呼ばれてきたのはこの私です、一度ぐらい手柄《てがら》を立てたところで、生来の臆病者の名が消えるわけじゃありませんよ」

おようは考えこんだ。この宿のどこかで、賑《にぎ》やかに囃《はや》したりうたったりするのが聞え、床下で鳴く虫の声が聞えた。

「ねえ」と暫《しばら》くしておようが囁《ささや》いた、「もうお眠りになって」
「いや眼はさめてます」六兵衛はぐあい悪そうに答えた、「じつは女の人と同じ部屋で寝るのは初めてのことだし、私は寝相が悪いので、それが心配で眼が冴《さ》えてしまったらしい、けれどももう少し辛抱すれば眠れるでしょう」
「ねええ」と掛け夜具で口を隠しながら、およう、が囁き声で云った、「あたしをお国へつれていって下さらないかしら」
「だって」と彼は吃《ども》った、「だってあなたは、松葉屋の娘あるじという、大切な責任を背負っているんでしょう」
「あれは番頭の喜七と、女中がしらのおこう、に任せて来ました、あの二人にはもう子供もあるんです」
「私にはよくわからないが」
「詳しいことはあとで話しますわ」と云っておよう、は媚《こ》びた微笑をうかべた、「いまはあたしをお国へつれていって下さるかどうかがうかがいたいんです」
六兵衛は唾《つば》をのんだ、「いいですとも、あなたがそう望むなら、もちろんいいですよ」
「証拠をみせて下さる」

「どうすればいいんですか」

あなたはじっとしていればいいの、と云っておようは起きあがり、行燈《あんどん》の火を吹き消した。

五

昂軒《こうけん》、仁藤五郎太夫は精根が尽きはてた。宿へ着けば「ひとごろし」という叫び声で、客は出ていってしまうし、宿の者も逃げだしてしまう。富山松平藩から通報でもあったらしく、到《いた》るところに番士が見張っているし、街道の掛け茶屋さえ例外ではなく、空腹に耐えかねて店の品を摘《つま》み食いすれば、代価を置いてゆくのに「泥棒《どろぼう》」とか「食い逃げ」などと喚きたてられた。しかも、初めは討手が一人だったのに、いまは娘が加わって二人になった。

片方がのびのび寝ているとき、片方が起きていて、「ひとごろし」と叫び続ける。その声を聞くと、そこまで食膳《しょくぜん》を運んで来た宿の女中が、その食膳を持ったまま逃げてしまうのであった。

越中富山から雄山《おやま》峠を越えて、道は信濃《しなの》へはいる。中には天竜川をくだって、東海道の見付へゆく者もあるが、たいていは中仙道《なかせんどう》を選ぶのが常識だったらしい。仁藤昂軒は後者の道を選んだのであるが、諏訪湖《すわこ》へかかるまえに骨の髄からうんざりし、飽きはててしまった。——名の知れない高山が遠く左にも右にも見え、まわりはいちめんの稲田であった。

その道傍《みちばた》のひとところに、松林で囲まれた三尺ばかり高い台地がある、昂軒はそこへあがってゆき、大きな編笠《あみがさ》をぬぎ旅嚢《りよのう》を投げやって、大きな太息をついた。

——街道のかなたには、旅装の男女が二人、いうまでもないだろうが、双子六兵衛とおようのあるいて来る姿が見えた。

「もうたくさんだ」と昂軒は呟《つぶや》いた、「もうこの辺が決着をつけるときだ」

彼は頬《ほお》がこけ、不眠と神経緊張のために眼は充血し、唇《くちびる》は乾いて白くなっていた。

それに反し、街道をあるいて来る二人はみずみずしいほど精気にあふれていた。どういうことがあったのか、筆者のわたくしにはわからない。六兵衛もそうだが、およ、うのほうは特にうきうきしたようすで、絶えず六兵衛にすばやいながしめをくれたり、なにか云っては、やさしく肱《ひじ》に触ったり、そっとやわらかく突いたりした。——かれらはまるで、本来の使命を忘れたかのようにその台地の前を通りすぎようとした。

そこで昂軒は立ちあがり、おれはここにいるぞ、と呼びかけた。二人は仰天したようすで、娘のほうはすぐさま「ひとごろし」と叫びだした。

「やめろ、それはもうたくさんだ」と云いながら、昂軒は台地の端へ出て来た、「そこの双子なにがしとかいう男、きさまおれを上意討に来た男だと云ったな」

六兵衛は黙って頷いた。

「おれは初めから逃げも隠れもしないといってある」と昂軒は続けた、「きさまも侍なら、どうして勝負をしないんだ、いまここでもいいんだぞ、こんな茶番芝居みたようなことにはうんざりした、勝負をしろ」

「それはだめだ」六兵衛は唇を舐《な》めてから答えた、「私とおまえさんでは勝負にならない、私のほうでも初めから云ってある筈だ、私は私のやりかたで上意討をするほかはないんだ」

「きさまそれでも武士か」

「それはまえにも聞いたよ」

「しかも恥ずかしくはないんだな」

六兵衛は頭を左右に振り、「ちっとも」と云《い》った、「私はもともと臆病者《おくびょうもの》と定評のある人間なんだ、いまさらなんと云われようと恥ずかしがることはこれっぽっちもないさ」

「どこまで跟《つ》けて来る気だ」

「それはおまえさんしだいさ」と云って六兵衛は歯を見せた、「――おまえさんがへたばるまではどこへでもついてゆくよ、路銀は余るほど貰《もら》ってあるからね」

「きさまはだにのようなやつだ、人間じゃあないぞ」

「福井へ帰ったらそう云いましょう」と六兵衛は逃げ腰で答えた、「きっとみんなよろこぶにちがいない」

「勝負はしないのか」

「そちらしだいです、念には及ばないでしょうがね」

「おれはいやだ、飽きはてうんざりして、生きているのさえいやになった」と云って昂軒はそこへ坐《すわ》った、「腹はへりっ放しだし眠れないし、寝てもさめても人殺し人殺し、しかも尋常に勝負をしようとはしない、こんな茶番狂言には飽き飽きした、おれはここで腹を切る」

昂軒は着物の衿《えり》を左右にひろげ、脇差《わきざし》を抜いた。

「ちょっと」六兵衛は片手を差し出した、「それはちょっと待って下さい」

「なんだと」

「そうそっちのお手盛りで片づけられては困ります」

「お手盛りとはなんだ」

「おまえさんの勝手に事を片づけられては困るということです」と六兵衛が云った、「ここに私という討手がいるんですからな」

「だが、刀を抜いて勝負する気はない、そうだろう」

それが私の罪ですか、とでも云うふうに六兵衛は肩をすくめた。

「おれは誤った」昂軒は頭を垂れ、しんそこ後悔した人間のような調子で、しみじみと云った、「おれも誤ったし、世間の考えかたも誤っている、おれの故郷は常陸《ひたち》の在で、何代もまえから和昌寺という寺の住職をしてきた、だがおれはそんな田舎寺で一生を終る気にはなれなかった」

都へ出て人にも知られ、あっぱれ古今に稀《まれ》なる人物と、世間からもてはやされるような人間になりたかった。常陸はもともと武芸のさかんな国だし、名人上手といわれる武芸者を多く出している。

名を挙げるには武芸に限ると考え、自分もそのみちで天下に名を売ろうと思い、数えきれないほど、達人名人といわれる人の教授を受けた。

「だがそれらはみんな間違っていた」と昂軒は云い続けた、「武芸というものは負けない修業だ、強い相手に勝ちぬくことだ、強く、強く、どんな相手をも打ち負かすための修業であり、おれはそれをまなび殆《ほと》んどその技を身につけた、越前侯にみいだされたのも、そのおれの武芸の非凡さを買われたからだ、けれどもこんどの事でおれは知った、強い者に勝つのが武芸者ではない、ということを」

「まあまあ」と六兵衛が云った、「そんなふうにいきなり思い詰めないで下さい」

「いきなりだと」昂軒は忿然《ふんぜん》といきり立ったが、すぐにまた頭を垂れ、そして垂れたままでその頭を左右にゆっくり振った、「――いや、これはいきなりとか、この場の思いつきとかいうもんじゃない、そんな軽薄なものではない、おれはこんど初めて知ったのだが、強いということには限度があるし、強さというものにはそれを打ち砕く法が必ずある、おれには限らない、古来から兵法者、武芸者はみな強くなること、強い相手に打ち勝つことを目標にまなび、それが最高の修業だと信じている、しかしそれは間違いだ」そこでまた昂軒はゆらりと頭を左右にゆすった、「諄《くど》いようだが、それが誤りであり間違いだということを、こんど初めて知った」

「あなたはそれを、もう幾たびも云い続けていますよ」

「何百遍でも云い続けたいくらいだ」昂軒は抜いた脇差のぎらぎらする刀身をみつめながら、あたかも自分を叱《しか》るように云った、「――強い者には勝つ法がある、名人上手といわれる武芸者はみなそうだった、みやもとむさしなどという人物もそんなふうだったらしい、だが違う、強い者に勝つ法は必ずある、そういうくふうは幾らでもあるが、それは武芸の一面だけであって全部ではない、——それだけでは弱い者、臆病者に勝つことはできないんだ」

六兵衛は恥ずかしそうに、横眼でちらっとおようを見た。

「どんなに剣道の名人でも」と昂軒は続けて云った、「おまえのようなやりかたにかなう法、それを打ち砕くすべはないだろう、おれは諦《あきら》めた、もうたくさんだ、おれはここで腹を切る、だからきさまはおれの首を持って越前へ帰れ」

「それは」と六兵衛がきいた、「それは、本気ですか」

昂軒は抜いた脇差へ、ふところ紙を出して巻きつけた。六兵衛は慌《あわ》ててそっちへゆき、台地の下のところで立停《たちどま》った。

「ちょっと待って下さい、ちょっと」と六兵衛は云った、「あなたは本当に、そこで自害なさるつもりですか」

「そうだ」と昂軒が答えて云った、「——それとも、おまえがおれと勝負をするかだ」

六兵衛は首を振り、手を振った。

「そうだろう」昂軒は頷《うなず》いた、「そうだとすれば、おれはもう割腹するほかに手はない、おまえたちが交代でどこまでもついて来て、隙《ひま》もなく人殺し人殺しと叫ばれ、めしもろくさま食えないような旅を続けるより、思いきって自害するほうがよっぽど安楽だからな」

ちょっと待って下さい、と云って六兵衛はおようを振り返り、それからまた、「ちょっと待って下さい」と昂軒に云い、顎《あご》へ手をやって首を捻《ひね》り、また頸《くび》のうしろを掻《か》いたりした。

「では、こうしましょう」と六兵衛は商談をもちかけでもするような口ぶりで云った、「――この気候では、越前まで首を持っていっても腐ってしまう、とすれば、首を持っていってもしようがないし、だからといってなんにも持って帰らないわけにもいかない、そこで相談なんだが」

「生きたまま連れ帰ろうというのか」

六兵衛は首を振った、「そうじゃない、怒られると困るんだが、おまえさんの髻《もとどり》を切ってもらいたいんだ」

「もとどりとは」と云って、昂軒は自分の頭を押えた、「――これのことか」

「そのとおり」と六兵衛は頷いた、「髻を切られるということは、侍にとってもっとも大きな屈辱だとされている、少なくとも、わが藩では古い昔からそう云われてきたし、私もそう云い聞かされてきたものだ」
「だからどうしろというんだ」
「済まないが」と六兵衛が云った、「その髻を切ってくれ、それを首の代りに持って帰る」
「髻が首の代りになるのか」
「なま首は腐るからな」と六兵衛が云った、「それに私は、人を殺したり自害するのを見たりするのは、好かないんだ」

「偏耳録」をまたここで引用するが、双子六兵衛は上意討を首尾よくはたし、おまけに嫁まで伴《つ》れて来たし、その高い評判によって、彼の妹のかね女《じょ》も、中野中老の息子大八郎と、めでたく婚姻のはこびになった。——とある。筆者であるわたくしとしては、これ以上もはやなにも付け加えることはないと思う。

雨あがる

小泉堯史監督が『雨あがる』として映画化

一

もういちど悲鳴のような声をあげて、それから女の喚《わめ》きだすのが聞えた。

——またあの女だ。

三沢伊兵衛《みさわいへえ》は寝ころんだまま、気づかわしそうにうす眼をあけて妻を見た。おたよは縫い物を続けていた。古袷《ふるあわせ》を解いて張ったのを、単衣《ひとえ》に直しているのである。茶色に煤《すす》けた障子からの明りで、痩《や》せのめだつ頬《ほお》や、尖《とが》った肩つきや、針を持つ手指などが、窶《やつ》れた老女のようにいたいたしくみえる。だがきちんと結った豊かな髪と、鮮やかに赤い唇だけは、まだ娘のように若わかしい。子供を生まないためでもあろうが、結婚するまでの裕福な育ちが、七年間の苦しい生活を凌《しの》いで、そこにだけ辛うじて残っているようでもあった。

外は雨が降っていた。梅雨はあけた筈《はず》なのに、もう十五日も降り続けで、今日もあがるけしきはない。こぬか雨だから降る音は聞えないけれども、夜も昼も絶え間のない雨垂れには気がめいるばかりだった。

「泥棒がいるんだよ此処《ここ》には、泥棒が」女のあけすけな喚き声は高くなった、「ひとの炊《た》きかけの飯を盗みやあがった、ちょっと洗い物をして来る間にさ、あたしゃちゃんと鍋《なべ》に印《しるし》を付けといたんだ」

伊兵衛はかたく眼をつむった。

――珍しいことではない。

街道筋の町はずれのこういう安宿では、こんな騒ぎがよく起る。客の多くはごく貧しい人たちで、たいていが飴《あめ》売りとか縁日商人とか、旅を渡る安芸人などだから、少し長く降りこめられでもすると、食う物にさえ事欠き、つい他人の物に手を出す、という者も稀《まれ》ではなかった。

――だが泥棒とはひどすぎる、泥棒とは。

伊兵衛は自分が云われているかのように、恥ずかしさと済まないような気持とで、胸がどきどきし始めた。

女の叫びは高くなるばかりだが、ほかには誰の声もしなかった。こちらの三帖《じょう》の小部屋からは見えないけれども、炉のあるその部屋には十人ばかりも滞在客がいる筈である。なかに子持ちの夫婦づれも二組いて、小さいほうの子供は一日じゅう泣いたりぐずったりするのだが、今はその子さえ息をひそめているようであった。

女は日蔭《ひかげ》のしょうばいをする三十年増で、ふだんから同宿者とは折合いが悪かった。誰も相手になる者がなく、みんなが彼女を避けていた。もちろん軽蔑《けいべつ》ではない。自分じぶんが生きることで手いっぱいな人たちには、職業によって他人を卑《いや》しめるような習慣も暇もなかった。かれらが女を避けるのは、彼女の立ち居があまりに乱暴で、棘《とげ》とげしくって、また仮借《かしゃく》のない凄《すご》いような毒口をきくからであった。つまりいちもくおいているわけであるが、彼女はそうは思わないようすで、常にあからさまな敵意をかれらに示していた。

半月も降りこめられて、今みんなが飢えかけているのに、そんなしょうばいをしているためか、彼女だけは(乏しいながら)煮炊きを欠かさなかったが、それは日頃の敵愾心《てきがいしん》と自尊心を大いに満足させているようであった。

「あんまりだなあ、あれは」

伊兵衛はこう呟《つぶや》いて、女の叫びがますます高く、止め度もなく辛辣《しんらつ》になるのに堪《たま》りかねて、起きあがった。

「あれではひどい、もし本当にそれがそうだったとしても、あんなふうに人の心もちが痛むようなことを云うのはよくないと思うな」

　独り言のように呟きながら、そっと妻の顔色をうかがった。彼は背丈も高いし、肩も胸も幅ひろく厚く、肉のひき緊《し》まったいい軀《からだ》である。ふっくらとまるい顔はたいそう柔和で、尻下《しりさが》りの眼や小さな唇《くち》つきには、育ちの良い少年のような清潔さが感じられた。

「ええ、それはそうですけれど」

　おたよは縫ったところを爪でこきながら、良人《おっと》のほうは見ずに云った。

「みなさんももう少し親切にしてあげたらと思いますわ、あの方は除《の》け者にされていると思って、淋《さび》しいので、ついあんなに気をお立てになるんですもの」

「それもあるでしょうが、それにはあの女の人がもう少しなんとか」

　伊兵衛はぴくっとした。女がついに人の名をさしたのである。

「なんとか云わないか、え、そこにいる説教節《ぶし》の爺《じじ》い」

　女の声はなにかを突刺すようだった。

「――しらばっくれたってだめだよ、あたしゃ盲人じゃないんだ、おまえが盗んだぐらいのことは初めっからわかってるんだ、いつかだって」

　伊兵衛はとびあがった。

「いけません、あなた」

おたよが止めようとしたが、彼は襖《ふすま》をあけて出ていった。

そこは農家の炉の間に似た部屋で、片方が店先から裏へぬける土間になっている。畳は六帖と八帖が鉤形《かぎがた》につながって敷かれ、上《あが》り端《はな》の板敷との間に大きな炉が切ってある。農家と違うのは天井が低いのと、たいていの客がべつに部屋を取らず、そこでこみあって寝るし、鍋釜《なべかま》を借りてその炉で煮炊きもするため、それらに必要な道具類が並んでいることなどであった。

その女は炉端にいた。片手をふところに入れ、立て膝《ひざ》をして、蒼白《あおじろ》く不健康に痩せた顔をひきつらせ、ぎらぎらするような眼であたりを睨《にら》みまわし、そうして劈《つんざ》くような声で喚きたてる、——他の客たちはみな離れて、膝を抱えてうなだれたり、寝そべったり、子供をしっかり抱いたりして、じっと息をころしていた。それは嵐の通過するのを辛抱づよく待っている喪家《そうか》の犬といった感じだった。

「失礼ですがもうやめて下さい」

伊兵衛は女の前へいって、やさしくなだめるように云った。

「此処にはそんな悪い人はいないと思うんです、みんな善い人たちで、それは貴女も知っていらっしゃるでしょう」

「放っといて下さい」女はそっぽを向いた、「――お武家さんには関わりのないことですよ、あたしゃ卑しい稼業こそしていますがね、自分の物を盗まれて黙ってるほど弱い尻は持っちゃいないんですから」

「そうですとも、むろんそうですよ、しかしそれは私が償《つぐな》いますから、どうかそれで勘弁することにして下さい」

「なにもお武家さんにそんな心配をして頂くことはありませんよ、あたしゃ物が惜しくって云ってるんじゃないんですから」

「そうですとも、むろんそうですよ、しかし人間には間違いということもあるし、お互いにこうして同じ屋根の下にいることでもあるし、とにかくそこは、どうかひとつ、私がすぐになんとかして来ますから」

それだけ云うと、伊兵衛はなにやら忙しそうに立っていった。

「誓文《せいもん》は誓文、これはこれ」

宿の名を大きく書いた番傘をさして、外へ出るとすぐ彼はこう独り言を云い、擽《くすぐ》られでもするように微笑をうかべた。

「眼の前にこういう事が起った以上、自分の良心だけ守るというわけにはいきませんからね、ええ、それは却《かえ》って良心に反する行為ですよ、いや」彼はふとまじめな顔になり、「──いや、なにもしないんだから行為とはいわないでしょう、無行為、ともいわないですね」

わけのわからないことを呟きながら、ひどくいそいそと、元気な足どりで、城下町のほうへ歩いていった。

二

彼が宿へ帰ったのは、四時間ほどのちのことであった。

酒を飲んだのだろう、まっ赤な顔をしていたが、もっと驚いたことには、彼のあとから五、六人の若者や小僧たちが、いろいろな物資を持ってついて来たことである。米屋は米の俵を、八百屋は一籠《ひとかご》の野菜を、魚屋は盤台《はんだい》二つに魚を、酒屋は五升入りの酒樽《さかだる》に味噌《みそ》醬油《しょうゆ》を、そして菓子屋のあとから大量の薪《まき》と炭など。

「これはまあどうなすったんです」

宿の主婦が出て来て眼をみはった。若者や小僧たちは担ぎ込んだ物を上り端や土間へずらっと並べた。

「景気直しをしようと思いましてね」

伊兵衛は眼を細くして笑い、呆《あき》れている同宿者たちに向って云った。

「みなさん、済みませんが手を貸して下さい、なが雨の縁起直しにみんなでひと口やりましょう、少しばかりで恥ずかしいんですが、どうか手分けをして、私も飯ぐらい炊きますから、手料理ということでやろうじゃありませんか」

同宿者たちのあいだに、喜びとも苦しみとも判別のつかない、歎息《たんそく》のような声が起った。すぐには誰も動かなかった、だが伊兵衛が菓子を出してみせ、源さん（桶《おけ》の夕ガ直しをする）の子供が、その母親の膝からとびあがるのと共に、四、五人いっしょに立ちあがって来た。

宿の中は急に活気で揺れあがった。なにかがわっと溢《あふ》れだしたようであった。宿の主人夫婦と中年の女中も仲間にはいって、魚や野菜がひろげられ、炉にも釜戸《かまど》にも火が焚《た》かれた。元気のいい叫びや笑い声が絶え間なしに起り、女たちは必要もないのにきゃあきゃあ云ったり、人の背中を叩《たた》いたりした。

「旦那《だんな》はどうか坐ってお呉《く》んなさい」

みんなは伊兵衛に云った。

「――こっちはわたし共でやりますから、頂いたうえにそんなことまでおさせ申しちゃあ済みません」

支度が出来たら呼ぶから、などと懇願するように云ったが、伊兵衛は一向に承知せず、ときどき妻のいる小部屋のほうをちらちら見やりながら、ぶきような動作でしきりに活躍した。

説教節の爺《じい》さんは少し中風ぎみであるが、特に責任を感じたというふうで、誰よりも熱心に奔走していた。

どうやら用意がととのう頃には、黄昏《たそがれ》の濃くなった部屋に（主人の好意で）八間《はちけん》の灯がともされ、行灯《あんどん》も三ところに出された。

「さあ男の人たちは旦那とごいっしょに坐って下さい。あとはもう運ぶだけだから」

女たちはこう云ってせきたてた。

「――うちのにお燗番《かんばん》をさせちゃだめですよ、燗のつくまえに飲んじまいますからね」

すると脇にいた女が、それではおまえさんの燗鍋はいつも温まるひまがないだろう、などと云い、きゃあと笑い罵《ののし》りあった。

伊兵衛は宿の主人夫婦と並んで坐った。男たちもそれぞれに席を取った。炉にかけた大きな鍋には、燗徳利《かんどくり》が七、八本も立っていて、膳《ぜん》が運ばれると、宿の女中がそれをみんなの膳に配った。

そして賑《にぎ》やかな酒宴が始まった。

「どうです、こうずらりっと肴《さかな》が並んで、どっしりとこう猪口《ちょこ》を持ったかたちなんてえものは、豪勢なものじゃありませんか、公方《くぼう》様にでもなったような心もちですぜ」

「あんまり気取んなさんな、うしろへひっくり返ると危ねえから」

伊兵衛は尻下りの眼でかれらを眺めながら、いかにも嬉しそうにぐいぐい飲んでいた。久しく飢えていたところで、みんな忽《たちま》ちに酔い、ぼろ三味線が持ち出され、唄が始まり、踊りだす者も出て来た。

「まるで夢みてえだなあ」鏡研《と》ぎの武平という男がつくづくと云った、「――こんな事が年に一遍、いや三年に一遍でもいい、こういう楽しみがあるとわかっていたら、たいてえな苦労はがまんしていけるんだがなあ」

そして溜息《ためいき》をつくのが、がやがや騒ぎのなかからぽつんと聞えた。伊兵衛はちょっと眼をつむり、それからどこかを刺されでもしたように、ぎゅっと眉をしかめながら酒を呷《あお》った。

こういうところへあの女が帰って来た。いつもは夜半過ぎになるのに、客が取れなかったものかどうか、蒼ざめたような尖った顔で土間へ入って来て、このありさまを見るとあっけにとられ、濡れた髪を拭《ふ》こうとした手をそのまま、棒立ちになった。これを初めにみつけたのは源さんの女房である。子供がたびたび飴玉などを貰《もら》うので、なかでは女と親しくしていたが、そのときは酔って、昼間の出来事をつい忘れたとみえ、「おやおろくさんの姐《ねえ》さんお帰んなさい、いま三沢さんの旦那のおふるまいでこのとおりなんですよ、さあ姐さんも早くあがって」

こう云いかけたとき、説教節の爺さんがとびあがって叫んだ。

「おう帰ったな夜鷹《よたか》あま、あがって来い、飯を返してやるから此処《ここ》へ来やあがれ」

中風ぎみで多少は舌がもつれるけれど、その声はすばらしく高く、眼はぎらぎらしていたし、軀《からだ》ぜんたいが震えた。みんなは黙った。唄も三味線もぴたりと止めて、一斉に女のほうへ振向いた。

「人を盗人《ぬすっと》だなんてぬかしゃがって」爺さんは死にそうな声で続けた、「――てめえはなに様だ、よくもこの年寄のことを、さあ来やがれ、おらこのとおり食わずに取って置いたんだ、ざまあみやがれ、持ってけつかれ」

「まあ待って下さい、そう云わないで、まあとにかく」伊兵衛が立って爺さんをなだめた、「人には間違いということがありますからね、あの人も悲しいんですよ、人間はみんなお互いに悲しいんですから、もう勘弁して仲直りをしましょう」

彼はしどろもどろなことを云って、土間にいる女のほうへ呼びかけた。

「——貴女もどうぞ、なんでもないんですから、どうぞこっちへ来て坐って下さい、なにも有りませんけれど、みなさんと気持よくひと口やって下さい。すべてお互いなんですから」

「おいでなさいよ」

宿の主婦も口を添えた。

「——旦那がああ仰《おっ》しゃるんだから、此処へ来て御馳走におなんなさいな」

続いてみんながすすめた。酒のきげんばかりでなく、この人たちは喜びや楽しみを独占することができないのである。夕ガ直しの源さんの女房が立ってゆき、手を取って女をつれて来た。彼女はつんとすました顔で坐り、義理で飲んでやるんだというふうに、黙って反りかえって盃《さかずき》を取った。

「さあ賑やかにやりましょう」伊兵衛は大きな声で云った、「——天が吃驚《びっくり》してこの雨をしまいこむように、さあひとつ、みんなで……」

そしてまた騒ぎが始まると、伊兵衛はようやく勇気が出たようすで、自分の前にある膳を持って立ち、妻のいる三帖へ入っていった。

おたよは脚のちんばな小机に向って、手作りの帳面に日記を書いていた。ながい放浪の年月、それだけが楽しみのように、欠かさずつけて来た日記である。うす暗い行灯の光を側へ寄せて、前跼《まえかが》みに机へ向っている妻の姿を見ると、伊兵衛は膳を置いてそこへ坐り、きちんと膝を揃《そろ》えておじぎをした。

「済みません、勘弁して下さい」

おたよは静かに振返った。唇には微笑をうかべているが、眼は明らかに怒っていた。

「賭《か》け試合をなさいましたのね」

「正直に云います、賭け試合をしました」

伊兵衛はまたおじぎをした。

「どうにもやりきれなかったもんだから、あんなことを聞くと悲しくって、どうしたって知らん顔をしてはいられませんからねえ、とにかくみんな困っているし、雨はやまないし、どんな気持かと思うと、もうじっとしていられなかったんです」

「賭け試合はもう決してなさらない約束でしたわ」

「そうです、もちろんです、しかしこれは自分の口腹《くちはら》のためじゃないんですからね、私は、ええ私もそれは少しは飲んだですけれども、少しよりは幾らか多いかもしれませんけれども、みんなあんなに喜んでいるんだし」

そしてもういちど彼はおじぎをした。

「――このとおりです、勘弁して下さい、もう決して致しませんから、そしてどうかこれを、……勘弁する証拠に、ひと箸《はし》、ほんのひと箸でいいですから」

おたよは悲しそうに微笑しながら、筆を措《お》いて立ちあがった。

三

明くる朝まだ暗いうちに、伊兵衛は古い蓑笠《みのかさ》を借り、釣竿《つりざお》と魚籠《びく》を持って宿を出た。城下町のほうへ三町ばかりいったところに、間馬川《もんま》という川があり、この近所での鮎《あゆ》の釣場といわれていた。

彼も宿の主人に教えられて二度ばかりでかけ、小さなのを五、六尾あげたことがあるが、その朝はどうやら釣りが目的ではなく、宿から逃げだすためにでかけたようであった。

彼はへこたれて、しょげた顔で、ときどきさも堪《たま》らないというように首を振り、溜息をついた。橋を渡ってすぐ左へ、堤の上を二町ばかりもゆくと、岸に灌木《かんぼく》の茂ったところがある。まえに来た場所であるが、そこでちょっと立停《たちどま》って、またふらふら歩きだし、堤を下りて松林の中へ入っていった。

「はあ、もう七年になるんだ、はあ」

林の中は松の若葉が匂っていた。笠へ大粒の雨垂れがぱらぱらと落ちた。

「おれは構わないとして、おたよは、どんな気持でいるか、ということだろう、それを、うまいようなことを云って、誓いをやぶって、賭け試合などして、……はあ、つづめたところ、自分が飲みたかったのでしょう、そうでしょう、舌なめずりをしてでかけたじゃないか、いそいそと嬉しそうに、ひゃっ」

伊兵衛は首を縮め、ぎゅっと眼をつむった。

三沢の家は松平壱岐守《まつだいらいきのかみ》に仕えて、代々二百五十石を取っていた。父は兵庫助《ひょうごのすけ》といい、彼はその一人息子で、幼い頃ひどく軀が弱かったため、宗観寺《そうかんじ》という禅寺へ預けられた。住職の玄和という人にたいそう愛され、大きくなってからもずっと往来が絶えなかった。

軀と同じように性質も弱気で、ひっこみ思案の、泣いてばかりいる子だったが、和尚《おしよう》の巧みな教育のおかげだろう、十四、五になるとすっかり変って、軀も健康になり、気質も明るく積極的になった。

――石中《せきちゆう》に火あり、打たずんば出《い》でず。

これが玄和の口癖であったが、伊兵衛はこの言葉を守り本尊のようにしていた。学問でも武芸でも、困難なところへぶつかるとこれをじっと考える。石の中に火がある、打たなければ出ない、どのように打つか、さあ、どう打ったら石中の火を発することができるか、さあ、……こんなぐあいにくふうするのである。すると（万事とはいかないが）たいていのばあい打開の途《みち》がついた。

学問は朱子《しゅし》、陽明《ようめい》、老子《ろうし》にまで及び、武芸は刀法から、槍《やり》、薙刀《なぎなた》、弓、柔術、棒、馬術、水練《すいれん》とものにして、しかもみんな類のないところまで上達した。

では伊兵衛はぐんぐん出世したろうか。

否、まったく逆であった。彼はそのために主家《しゅか》を浪人しなければならなかった。

理由は二つあるようだ。一つは彼の腕前が桁外《けたはず》れになったこと、もう一つは彼の気質である。摘要すると、剣術でも柔術でも、極めて無作為であって無類に強い。二十一、二歳の頃にはその道の師範ですら相手にならなくなったが、格別に珍奇な手法を弄《ろう》するわけではなく、ごく簡単に、まさかと思うほどあっけなく勝負がついてしまう。

——石中の火を打ち出す一点。

つまり彼がその「一点」をみいだしたとき、勝負が定《き》まるというのである。しかし、それがあまりにむぞうさであまりに単純明快であるため、当の相手は、ひっこみがつかなくなるし、観ている人たちはしらけた気持になるし、彼自身はてれるという結果になった。

父の兵庫助が死に、彼は二十四歳で家督相続をした。同時に同じ家中《かちゅう》の呉松《くれまつ》氏から嫁を迎えたが、これがおたよであるが、間もなく母親も父のあとを追って亡くなると、にわかに彼は居辛《いづら》いような気持に駆られだした。……玄和老のおかげでずいぶん積極的にはなったものの、本性までは変らないとみえ、自分の腕前が強くなるのと反比例して、性質はいよいよものやさしく、謙遜《けんそん》柔和になっていった。

勝って驕《おご》らないのは美徳かもしれないが、伊兵衛は勝つたびにてれたり済まながったりする。本気になって済まながり、てれるので、相手はますますひっこみがつかない。周囲の者もなんとなくさっぱりしないし、そこで彼自身は悪いことでもしたような気分になる。こういうことが重なってゆき、だんだんに気まずくなり、(直接には藩の師範たちの策動も少しはあったが)ついに自らいとまを願って退身した。

――これだけの心得《こころえ》があるのだ、いっそ誰も知らぬ土地へいって、新しく仕官するほうが双方のために安楽だろう。

おたよとも相談し、承諾を得て旅に出たのである。しかしいけなかった。機会はあったけれども、さて技倆《ぎりょう》だめしの試合をする、となるとふしぎにぐあいが悪い。その土地その藩の師範、または無敵と定評のある者を、例のようにごく簡単に負かしてしまう。するとあまりのあっけなさにお座がしらけて、なんとなく感情がこじれたようになり、腕前は褒められるが仕官のはなしは纏《まと》まらない、という結果になった。

――こんな筈はない、これだけの実力があるのにどこが悪いのだろう。

彼は反省もし熟慮もし悩みもした。二度か三度はうまくいったこともある、だがそうなるとまたべつの故障が起った。自分に負けて職を失う相手が気の毒になるとか、相手に泣き言を云われる（事実「どうか仕官を辞退して貰いたい、自分がいま失職すると妻子を路頭に迷わせなければならないから」と哀訴されたこともある）といったぐあいで、そうなると彼としては恐縮し閉口し、こちらからあやまって身を退《ひ》く、ということになるのであった。

主家を去るときはかなりな旅費を持っていたが、三年めにはそれも無くなり、やむなく町道場などで賭け試合をするようになった。これは断然うまくいった。向うが応じて呉れさえすれば間違いなく勝つし、ときには莫大《ばくだい》な金になることもあった。しかしやがて妻に気づかれ、泣いて諫《いさ》められ、今後は絶対にしないという誓いをさせられたのである。

云うまでもない、たちまち窮迫した。

——わたくしも手内職くらい致しますから、どうかあせらずに時節をお待ちあそばせ。

おたよはそう云い始めた。彼女は九百五十石の準老職の家に生れ、豊かにのびのびと育った。それが馴《な》れない放浪の旅の苦労で、軀も弱りすっかり窶《やつ》れてしまった。伊兵衛はその姿を見るだけでも息が詰りそうになる。身もだえをしたいほど哀れになるので、内職などと聞くと震えあがって拒絶した。とんでもない、それだけはあやまって、代りに彼自身が一文あきないを考えた。

あきないといっても定《き》まったものではない。弥次郎兵衛《やじろべえ》とか、跳び兎《うさぎ》とか、竹《たけ》蜻蛉《とんぼ》、紙鉄砲、笛など、ごく単純な玩具《おもちゃ》を自分で作ったのや、季節と場所によっては小鮒《こぶな》や蟹《かに》、蛙《かえる》などという生き物を捕って、もっぱら小さな子供相手に売るのである。泊る宿もしだいに格が下がって、いつかしらん木賃宿《きちんやど》にも馴れた。もともと彼は子供が好きなので、そんなあきないも決して不愉快ではないし、安宿の客たちも（例外はあるが）純朴で人情に篤《あつ》く、またお互いが落魄《らくはく》しているという共通の劬《いたわ》りもあって、いかにも気易《きやす》くつきあうことができた。

「それが身に付いてしまったのだ、なさけない、なさけないと思いませんか、伊兵衛うじ」

彼はべそをかき、溜息をした。気がつくと松林の中に立停ったままで、しきりに笠を雨垂れが叩いていた。

「もうそろそろ本気にならなければ、いくらなんでもおたよが可哀そうじゃないか、おたよがどんな気持でいるか、ということを考えたら、そうでしょう、そうだろう伊兵衛」

彼はふと脇のほうへ振向いた。そっちのほうで人声がし始めたからである。見ると松林のすぐ向うの草原に、四、五人の侍たちが集まってなにか話していた。蓑笠を衣《き》て釣竿を持って、こんな処《ところ》にぼんやり佇《たたず》んでいる恰好《かっこう》をみつかったら恥ずかしい。いそいで歩きだそうとしたが、そこでまた振返った。なにか険悪な声がしたと思ったら、侍たちがぎらりぎらりと刀を抜いたのである。

——ああいけない。

伊兵衛は吃驚《びっくり》した。そして、それが一人の若者を五人がとり巻いているのだとわかると、われ知らず釣道具を投げだし、松林の中からそっちへ駈《か》けだしていった。

「おやめなさい、やめて下さい」

彼はそう叫びながら手を振った。

四

こぬか雨のなかで、かれらはみな血相を変え、凄いほど昂奮《こうふん》し、殆《ほとん》ど逆上していた。

「どうかやめて下さい、待って下さい」

伊兵衛は側へ駈け寄って、両方を手で押えるような恰好をして云った。

「怪我をしたら危ないですから、そんな物を振りまわすなんて、けんのんなことはやめて下さい、どうかみなさん」

「さがれ下郎、やかましい」とり巻いているほうの一人が喚《わめ》いた、「よけいなさし出口をするとおのれから先に斬《き》ってしまうぞ」

「それはそうでしょうけれども、とにかく」

「まだ云うか、この下郎め」

「まあ危ない、そんな乱暴な、あっ」

逆上している一人が（威《おど》かしだろうけれど）刀を振上げて向って来た。伊兵衛はどう躱《かわ》したものか、相手の利き腕を摑《つか》み、かれらのまん中へ割って入りながら、「お願いします、わけは知りませんがやめて下さい、つまらないですから、どうか」

利き腕を摑まれた侍はじたばたするが、どうしても伊兵衛の手から遁《のが》れることができない。これを見て伴《つ》れの四人は怒って、

「下郎から先に片づけろ」

こう叫んで、これまた刀を閃《ひらめ》かして向って来た。伊兵衛は困って横へ避け、「よして下さい、そんな、ああ危ない、それだけはどうか、とにかく此処《ここ》は、あっ」

手を振り、おじぎをし、懇願しながら、右に左に、跳んだり除《よ》けたり廻《まわ》りこんだり、なんともめまぐるしく活躍し、みるみるうちに五人の手から刀を奪い取り、それを両手でひと纏《まと》めにして、頭の上へ高くあげながら、「どうか許して下さい、失礼はお詫びします、このとおりですから、どうかひとまず」などと云い云い逃げまわった。

これより少しまえ、松林とは反対側にある道へ、三人の侍が馬を乗りつけて来て、この場のようすを眺めていた。そうして、逃げまわる伊兵衛を五人の者が、「刀を返せ」とか「この無礼者」「待て下郎」などと喚きながら追いまわすのを見て、初めて馬を下り、そのなかの二人がこっちへ近寄って来た。

「鎮《しず》まれ、見苦しいぞ」

四十五、六になる肥えた侍が、よく徹《とお》る重みのある声で制止した。
「はたし合いは法度《はっと》である、控えろ」

「御老職であるぞ」

もう一人がどなった。

「――みな鎮まれ、御老職のおいでであるぞ」

よほど威勢のある人とみえ、このひと言でみんなはっとし、すなおに争闘をやめた。御老職といわれたその中年の侍は、ぐっとかれらを睨みつけ、そしてまっすぐに伊兵衛のほうへ来た、「何誰《どなた》かは知らないがよくお止め下すった、私は当藩の青山主《しゅ》膳《ぜん》と申す者、厚くお礼を申上げます」

「はあ、いや、とんでもない」

もちろんさし上げていた刀は下ろしていたが、彼は例によって恐縮し、赤くなった。

「――却って私こそ失礼なことを致しまして、みなさんをすっかり怒らせてしまいまして」

「血気にはやる馬鹿者ども、さぞ御笑止でございましたろう、失礼ながらそこもとは」

「はあ、三沢伊兵衛と申しまして、浪人者でございまして、向うの川へ釣りにまいったのですが、こちらが危ないもようだったものですから、つい知らず、その、こういうことに」

「当地に御滞在でいらっしゃるか」

「追分《おいわけ》の松葉屋という、いやとんでもない、どうかあれです、私のことなど決してお気になさらないように、ほんのなにしただけですから」

彼は刀をそこへ置き、おじぎをしながら後退した。

「――どうかお構いなく、妻が待っておりますし、借りた釣竿も放りだしたままですし、失礼します」

そしていそいでそこを去った。

釣竿も魚籠《びく》も元の処《ところ》にあった。もう釣りをする気にもなれないので、それらを拾いあげると、がっかりしたような気持で帰途についた。

「はたし合いだなんて、危ないことをするものだ」

歩きながら彼は呟いた。

「親兄弟、妻子のいる者もあるだろうに、つまらない意地とか、武士の面目とかいうことでしょう、……しかし失敗だったですなあ、頭の上へ刀を五本、両手でさし上げて、あやまりながら逃げまわったというのは、われながらあさましい、しかもそれを見られたのだから、うっ」

伊兵衛は首を縮めて呻《うめ》いた。

宿へ帰ったが、する事がなかった。あきない用の玩具も余るほど作ってあるし、もっと作るにしても材料を買う銭が（宿賃があるので）心配だった。深酒をした翌日で、しきりに飲みたい誘惑もある、しようがないので、朝昼兼帯の食事をして寝てしまった。

眠りのなかで彼はすばらしい夢をみた。どこかの藩主が家来を大勢伴れて来て、ぜひとも召抱えたいというのである。

——また気まずいことになりますから。

と彼は辞退した。藩主はぜひぜひと譲らず、食禄《しょくろく》は千石だすと云った。千石となると話はべつである。彼は胸がどきどきし、いよいよ時節が来たかと思って、夢のような幸福な気分に満たされた。そのとき妻に起された。

「お客さまでございます」

三度めくらいに彼は眼をさました。そしてやっぱり夢だったかと、少なからずがっかりしたが、客は藩中の侍だと聞いて、こんどははっきりと眼がさめた。

明確さを補ったとみえ、浪人した理由も、その後の任官がうまくいかなかったわけも、主膳にはおよそ理解がついたようであった。

「そういうことも有りそうですな、うむ、私などには奥ゆかしく思われる御性分が、他のばあいには却って邪魔になる、まわりあわせというか、運不運というか、宿命というか」主膳はなにやら云って頷《うなず》いて、「――では剣法のほかにも弓馬槍術《そうじゅつ》、やわらなども御《ご》堪能《たんのう》なわけですな」

「堪能などとはとんでもない、申上げたとおりまことに粗忽《そこつ》なものでございまして」

「いやわかりました、うちあけて云うとこんな早急にお招きしたのは、私のほうにも一つお願いがあるのです」

つまりもういちど此処《ここ》で腕を見せて貰いたい、実はそのために相手をする者を三人待たせてある、というのであった。そのときはもうかなり酒がはいっていた。主膳が意識的に飲ませたようでもあるが、伊兵衛はどちらかというと少し酔っているほうがいいので、むろん快活に承知した。

「よろしかったら唯今《ただいま》でも結構です」

「では御迷惑でもあろうが」

主膳が声をかけると牛尾大六が来た。次の間にいたらしい。あちらの用意をきいてまいれと云われ、さがっていったが、すぐに用意のできていることを復命した。

案内されたのは道場であった。この家に付いて建てられたもので、母屋《おもや》の廊下を二曲りしたところに在り、小さいながら造りも正式だし、控え部屋もあるもようだった。……主膳のあとから伊兵衛が入ってゆくと、その控えのほうからも三人、こちらと間を合せるように出て来た。だがどうしたことか、その三人の中の一人は、伊兵衛の姿を見るとぎょっとし、伴《つ》れの者になにごとか云うと、そのまま控え部屋へ引返してしまった。

伊兵衛はべつに気にもとめず、隅へいって袴の股立《ももだち》をしぼり、大六の持って来た木刀の中から、よく選みもせずに一本取った。鉢巻も襷《たすき》もしないのである。向うでも一人が支度をし、やや長い木刀を持って、主膳になにか囁《ささや》いていた。二十七、八になる小柄な青年で、色の黒い精悍《せいかん》そうな顔に、白い歯が際立《きわだ》ってみえた。

やがて主膳の紹介で二人は相対した。青年は原田十兵衛というそうで、伊兵衛の構えを見るとにやっと微笑した。腰の伸びた間のぬけたような構えが可笑《おか》しかったらしい。伊兵衛はそうとも知らず、眼を細くして頬笑《ほおえ》み返し、おまけにひょいとおじぎをしたので、原田青年は危うく失笑《ふきだ》しそうになった。むろん失笑しはしない。辛《から》くもがまんしたが、大いに気は楽になったらしく、積極的に掛け声をあげて、頻《しき》りに闘志の旺《さか》んなところを示した。

伊兵衛の構えはずんべらぼうとしたものだった。まるっきり捉《つか》まえどころがない。逞《たく》しく厚い肩を少し前踞《まえかが》みにして、木刀を前へつき出して、尻下りの眼でものやさしげに相手を眺めている。うっかりすると睨めっこでも始めそうな恰好だった。

原田青年が鋭く叫び、非常な勢いで軀《からだ》ごと打ち込んだ。小柄な軀がつぶての飛ぶようにに見えた。が、伊兵衛はただ爪尖《つまさき》で立って、木刀をすっと頭上へ挙げただけである。原田青年はすっ飛んでいって、道場の羽目板へ頭でもって突き当り、独りではね返って、ぶっ倒れて、だがすぐ半身を起して、ちょっと考えて、「まいった」と叫んだ。

「どうも済みません」伊兵衛は恐縮そうにおじぎをした、「――失礼致しました」

次は鍋山《なべやま》又五郎という三十六、七の男で、これはおそらく師範役であろう。静かな眼になみなみならぬ光があり、態度も沈着で、隙《すき》のないおちつきをみせていた。

「少し荒いかもしれません」鍋山は平静な声でそう云った、「――どうかそのおつもりで」

「は、どうかなにぶん、よろしく」

伊兵衛は気軽くおじぎをし、まえと同じ構えで、まえと同じようにものやさしく相手を見た。鍋山は左の足をぐっと引いて半身になり、木刀の尖《さき》を床につくほど下げ、(地摺《じず》り青眼《せいがん》とでもいうのか)凄味《すごみ》のある構えで、じんわりと伊兵衛の眼に見いった。

こんどは少し暇がかかった。どちらも黙っているし、びくっとも動かない。ただ伊兵衛がずんべらぼうとしているのに、鍋山の五体にはしだいに精気が満ち、その眼光は殺気をさえ帯びてくるようであった。そうしてかなりの時間が経つうちに、鍋山の木刀の尖は悠《ゆっ》くりと、眼に見えぬくらい緩慢な動きで、少しずつ、少しずつすり上り、いつかしら、やや低めの青眼に変った。

機は熟したようだ。緊張は頂点に達し、まさに火花が発するかと思えた。

そのとき伊兵衛の木刀が動いて、相手の木刀をひょいと叩いた。ごく軽く冗談のようにひょいと叩いたのであるが、相手の木刀は尖端《せんたん》を下に向けて落ち、ばきっといったふうな音をたてて床板に突立った。

「あ、これはどうも」伊兵衛はうろたえて頭に手をやり、「――どうもこれは、とんだことを致しました、大事な御道場へ傷をつけてしまいまして、これはなんとも、どうも」

そして突立った木刀を抜いて、穴のあいた床板を済まなそうに撫でた。

鍋山又五郎は惘然《もうぜん》と立ったままだった。

六

伊兵衛は日が昏《く》れてから宿へ帰った。

たいへん上機嫌で、酒に赤くなった顔をにこにこさせて、これは頂いた土産《みやげ》だと、大きな菓子の折を妻に渡した。

「夕食を待っていて呉れるだろうと思ったんだけれど、あまり熱心にすすめられるのでついおそくなってね、ええ」

彼は着替えをするあいだも、うきうきと話し続けた。

「――もっと早く、ほんのもう一刻もすれば帰れると思っていたんだが、たいへん御馳走になったりして、それに話もあったものですからねえ」

脱いだ物を片づけていたおたよは、着物の袂《たもと》から紙包をみつけて、不審そうに良人《おっと》を見た。その重みと手触りで、金だということがわかったからである。

「ああ忘れていた、すっかり忘れていましたよ、それは青山さんから貰いましてね、御前《ごぜん》へあがるのに必要な支度をするようにって」

「御前と仰しゃいますと」おたよは不安そうに訊き返した、「――それにいま何誰《どなた》かとも仰しゃいましたけれど、わたくしにはなにがなにやらわかりませんわ」

「そうそう、そうですとも、少し酔ってるんですよ、ええ、済まないが水を一杯下さい」

　伊兵衛は水を飲みながら話しだした。

　こんどは調子が渋くなり、言葉づかいもずっとおちついてきた。夫婦のあいだではもう長いこと「仕官」の話は禁物のようになっていた。あまりにたび重なる失敗で、お互いが希望をもつことを避け、できるだけその問題に触れないようにしていたのである。初めは嬉しまぎれと酔った勢いで、つい彼ははしゃいでしまったが、妻の顔色でようやく冷静にかえり、今日あった事をかい摘《つま》んで、いかにもさりげなく語った。

「ではお三方と試合をなさいましたのですか」

「いや二人ですよ、一人はなにか急に故障が出来たそうで、その道場までは来たんだが、……しかし本当はこの次の試合まで待たせたのかもしれませんね、改めて城中で正式にやることになったんですから」

　おたよは用心ぶかく、締めた顔つきで頷いただけだった。それは、「あまり期待なさらないように」と云いたいのであるらしい。伊兵衛もむろんといったふうに、「どっちでもいいんだけれど、向うが折角《せっかく》そう云って呉れるんですからねえ、それに支度金でなにか買えばそれだけ儲《もう》かるし、いやいや、とんでもない、これは冗談ですよ」

こう云って、それからちょっと意気ごんで、「——だがともかく青山という人は人物らしい、これまでの事もすっかり話しましたがねえ、その理解のして呉れ方がまるで違うんですよ、ええ、ほかの人間とは桁違いなんです、おまけに幸運というかどうか、ちょうど殿様の教育係を捜しているんだそうで、弓とか槍とか乗馬なども一流の者が欲しい、たいそう武芸に熱心な殿様なんだそうで、もちろんそれだからといって喜びやしませんが、ええ、しかしこんどはどうやら、まあ、なんとかこんどはという気がするんですよ」

「それではもう、お夕餉《ゆうげ》は召上らぬのでございますか」

おたよはさりげなく話をそらした。良人の気持にまきこまれまい、話だけで信用してはいけない。こう自分を抑えているようすが、伊兵衛にはいかにも哀れに思えるのであった。

翌日もやはり雨が降っていたが、彼は城下町までいって、出来合いの裃《かみしも》や鼻紙袋や、扇子《せんす》、足袋《たび》、履物などを買い、かなり金が余るので、妻のために釵《かんざし》を買った。

——おたよに物を買うなんて久方ぶりだなあ。

多少いい心もちになったが、道へ出て歩きだすと、例のどこか刺されでもしたような表情でぎゅっと眉をしかめた。

——冗談じゃない。

久方ぶりどころか、妻のために物を買うなどということは初めてである。結婚して八年半、彼女が実家から持って来た物は、すべて売ってしまった。松平家を退身するときには、まだ小さな道具類は持っていたが、それも放浪ちゅうに残らず売ってしまった。しかもこちらから買ってやった物は一つもないのである。彼はしょげて、溜息をついた。それから急に顔をあげ喧嘩《けんか》でも売るようなぐあいに、「だがこんどは正夢ですからね」こう呟いて天を睨《ね》めつけた、「——使いの来るすぐまえに前兆もあり、あらゆる条件が揃ってるんだから、それにもうそろそろ、いくらなんでもそろそろ時節が来てもいい頃だよ」

伊兵衛は元気に雨のなかを歩きだした。

それから五日めにとつぜん雨があがった。前の晩の夜半までそんなけぶりさえなく、無限のようにしとしと降っていたのが、明けてみるとからっと晴れて、それこそぬけるような青空にきらきらと日が照っていた。

「あがったぞ、雨があがったぞ、天気になったぞ」

同宿者たちの一人ひとりが、空を見あげてはそう叫んだ。生活をとり戻した者の素朴な、そして正《まさ》に歓喜にわきたつような声であった。そして伊兵衛のところへも主膳から使者が来た。登城の支度で来い、というのである。

「すばらしい吉兆ですね、これは」

伊兵衛はにこにこしながらそう云いかけたが、妻の締めた顔を見ると慌てて、「私のほうはなんだけれども、みんな二十日以上も降りこめられていたんだからねえ、これでみんな救われますよ、ええ、あの喜びようをごらんなさい、私たちまで嬉しくなってしまうでしょう」

「わたくしも出立《しゅったつ》の支度をしておきますわ」

「そうですね、そう」彼はちょっと妻を見て、「――しかし今日というわけにはいかないですよ、帰りがおそくなるかもしれませんからね」

「足袋を先にお召しあそばせ」

おたよはやはりさりげなく話をそらした。

七

伊兵衛は午後おそく、日の傾く頃に帰って来た。

首尾は上々だったのだろう、こみあげてくる嬉しさを懸命に抑えているが、抑えても抑えてもこみあげてくるので、われながら始末に困るといったふうな、不安定な渋い顔をしていた。

「帰りに青山さんへ寄ったものだから」

彼はこう云って、大きな包をそこへ置いた。

「——祝いにどうしても一盞《いっさん》ということで、もちろん今日は辞退したけれども、寄らないのも失礼ですからねえ、これは殿様からの引出物です」

家紋を打った紙に包まれた包が二つ、おたよはどきっとしたようすであるが、すぐ平静にかえって、そっと押戴《おしいただ》いて隅へ片づけた。

「今日はひとつ、飲ませて下さい」

伊兵衛は袴を脱ぎながら云った。

「はいかしこまりました」

おたよもその返辞だけは明るかった。

大体としてこういう安宿には風呂はない。彼は十町ばかり西の宿にある銭湯へいって来て、それからつつましい酒の膳に向った。おたよは給仕をしながら、同宿者の誰それと誰それが出立したこと、誰それと誰それは明日立つこと、出立した人々の伝言や、お互いに泣き合ったことなどを、しみじみとした口ぶりで、珍しく多弁に語った。

「こういうお宿へ泊る方たちとは、ずいぶんたくさんお近づきになりましたけれど、みなさんやさしい善い方ばかりでしたわね、自分の暮しさえ満足でないのに、いつも他人のことを心配したり、他人の不幸に心から泣いたり、僅《わず》かな物を惜しみもなく分けたり、……ほかの世間の人たちとはまるで違って、哀しいほど思い遣《や》りの深い、温かな人たちばかりでしたわ」

「貧しい者はお互いが頼りですからね、自分の欲を張っては生きにくい、というわけだろうね」

「説教節のお爺さんはこう云っておいででした、もうお眼にはかかれませんが、どこへいってもお二人の御繁昌《ごはんじょう》を祈っております」おたよはそっと眼を伏せた、「――それから涙を拭いて、このあいだのことは死ぬまで忘れません、あんなに有難い、嬉しいことは生れて来て初めてだった、世の中はいいものだということを、この年になって初めて知りましたって……わたくし胸が詰ってしまいました」

「もうよしましょう、私にはそういうおたよのほうがもっと哀しい、辛いですから」

伊兵衛はしぼんだ顔になり、それから急に浮きたつように云った。

「しかしもうこれもおしまいです、と云ってもいいと思うんだが、実は今日は食禄の高までほぼ内定したんでねえ」

「——このまえにも、いちど」

「いや今日は違うんですよ、剣術もやったし、弓は五寸の的を二十八間まで延ばしたし、馬は木曾《きそ》産の黒《あお》で、まだ乗った者がないという悍馬《かんば》をこなしましたがね、それはそれとして話はべつなんです」

藩主は永井氏で信濃守篤明《しなののかみあつあき》といい、まだ世継ぎをして間のない、二十そこそこの若さだったが、たいそう武芸に熱心であり、また大いに藩政改革をやろうという、新進気鋭の人であった。そして伊兵衛の技倆を見て、ぜひ当家に仕えるようにと云ったが、それは前任者を排して召抱えるのではなく、新たに人増しをするというのであった。

「それだからといって、絶対だとはむろん思いはしないけれども、とにかくこんどはね、そこまで疑うというのもねえ」

「それはそうでございますとも」おたよはそらすように頷いた、「——お代りをつけましょうか、お食事になさいますか」

「そうだね、そう、食事にしましょう」

久しぶりで充分に腕だめしをして、彼の全身は爽快《そうかい》な疲れと満足に溢れていた。そのうえ仕官の望みは九分どおり確実である、これまでの例があるから、妻は信じようとしないし、できるだけそのことに触れたくないようであるが、伊兵衛としてはそれが哀れであり、どうかして（断言はせずに）少しでも安心させてやりたいと願わずにはいられなかった。

明くる日は同宿者のうちから三人出立していった。夕ガ直しの源さんの女房は、背負った子供を揺りあげ揺りあげしながら、「もうお眼にかかれませんわねえ、どうかお二人ともお大事になすって下さいましよ、御出世をなさるようにお祈り申しておりますからねえ、ほんとにいろいろと御親切にして頂いて、お世話さまでございましたよう」

こう云って袖口《そでぐち》で眼を拭いた。

「みなさんが定《き》まって、もうお眼にかかれないと仰しゃるのね」おたよがあとで云った、「――これまでも定まったようにそう仰しゃいましたわ、どうしてまたいつか会いたいと仰しゃらないのでしょうか」

伊兵衛はさあねと云って、うろたえたように眼をそらした。

――あの人たちには今日しかない、自分自身の明日のことがわからない、今いっしょにいることは信じられるが、また会えるという望みは、もつことができないのである。

それは旅を渡るかれらに限ったことではない、人間はすべて、……こんなふうなしめっぽい感想がうかんだからであった。

夕方になると新たな客が五人来た。中に猿廻《さるまわ》しがいて、夕食のあとで猿に芸をさせてみせ、自分でも諸国の珍しい鄙唄《ひなうた》などうたった。同宿者たちは大いに喜んだが、猿廻しが頃合《ころあい》をみはからって、「みんなが少しお鳥目《ちょうもく》をはずんで呉れれば、これから猿に閨《ねや》ごとを踊らせてみせる」と云うと、かれらはみれんなくそこを離れて、居場所へ戻ってしまった。

その翌朝。食事を済ませると間もなく、おたよは荷物を片づけ始めた。

「今日はいいお日和《ひより》でございますわ」なにかを包みながら、独り言のように彼女はそう云った、「――少し雲があるくらいな日でも、あの峠はよく雨が降るそうですから、越すなら今日のような日がいいと云いますわ」

八

「そう、実に今日はよく晴れた」

伊兵衛は話をそらすように、低い庇越《ひさしご》しに空を見あげ、貧乏ゆすりをし、また空を見あげ、そして立ちあがった。

「おでかけなさいますの？」

「いやでかけやしない、ちょっとその」

彼は宿の外へ出て、おちつかない眼つきで城下町のほうを眺めやった。かなり苛々《いらいら》しているらしい、ふとそっちへ歩きだしそうにして、思い返して、短い太息《といき》をついた。そのときうしろで、いきなりテテンテテンと太鼓の音がした。あまり突然だったので、彼は吃驚《びっくり》して横へとび退《の》いた。

「お早うござい、今日円満大吉でござい」

猿廻しであった。どこかしら歪《ゆが》んだ、しなびたような軀《からだ》つきの、不自然に陽気なその猿廻しは、そんな挨拶《あいさつ》をして、猿を背中にとまらせ、太鼓を叩きながら、足早に城下町のほうへ去っていった。

「天気は申し分なしですがねえ」小部屋へ戻って、暫《しばら》くして伊兵衛がそう云った、「ともかくまだ二日めだし、先方でもなんとか云って来るだろうしねえ、黙って立つというわけにもいかないと思うんだが」

「そうでございますわね、でもわたくし、支度だけはしておきますわ」

「それはそうですとも、どっちにしても此処《ここ》は出てゆくんだから……」

伊兵衛はどきりとして誇張して云うと、かまきりのように首をあげた。馬の蹄《ひづめ》の音が、宿の前で停ったのである。おたよも聞きつけたのだろう、これもはっとしたようだったが、すぐわれに返って包み物を続けた。伊兵衛は立って衣紋《えもん》を直し、できるだけおちついた口ぶりで、「来たようだね」こう云いながら出ていった。ちょうど土間へ牛尾大六が入って来るところだった。伊兵衛はどきどきする胸を抑え、できる限り平静を装い、やさしく微笑しながら上り端まで出迎えた。

「いや此処で失礼します」

牛尾大六は多少いまわしそうに、汚らしい家の中を見まわして、このまえのときよりずっと切り口上で云った。

「主膳が申しますには、まことに稀《まれ》なる武芸者、その類のないお腕前といい高邁《こうまい》なる御志操といい、禄高《ろくだか》に拘《かか》わらずぜひ御随身が願いたい、また藩侯におかれましても特に御熱心のように拝されまして」

「いやそんな、それは過分なお言葉です、私はそんな」

「そういうしだいで、当方としては既にお召抱えと決定しかかったのですが、そこに思わぬ故障が起ったのです」

伊兵衛は息をのみ、地面が揺れだすように感じて、ぐっと膝を摑んだ。

「故障といっても当方のことではなく、責任はそこもとから出たのですが」大六は冷やかに続けた、「――それは貴方が賭け試合をなすった、城下町のさる道場において金子《きんす》を賭けて試合をし、勝ってその金子を取ってゆかれた……、もちろん御記憶でございましょう」

伊兵衛は辛うじて頷いた。そしていつか青山家の道場で、相手の三人のうちの一人が、彼を見るなり逃げだしたことを思いだした。

「慥《たし》かに覚えております、覚えておりますけれども」伊兵衛はおろおろと、「――それは実はまことに気の毒な者がおりまして、この宿にいた客なんですが」

「理由のいかんに拘わらず、武士として賭け試合をするなどということは、不面目の第一であるし、それを訴え出た者がある以上、当方としては手を引かざるを得ません、残念ながらこの話は無かったものとお思い下さるように」

牛尾大六は白扇《はくせん》の上に紙包を載せ、それを伊兵衛の前に置きながら云った、「主膳が申しますには、些少《さしよう》ながらこれを旅費の足しにでもお受け下さるよう、とのことでございました」

「いやとんでもない、こんな」伊兵衛は泣くような顔で手を振った、「——こんな御心配はどうか、いろいろ頂いていることでもあり、どうかこんな」

「いいえ有難く頂戴いたします」

こう云いながら、おたよが来て、良人《おっと》の脇に坐った。伊兵衛は狼狽《ろうばい》したが、大六も驚いて、あやふやに頭を下げなにか云おうとした。しかしおたよはその隙を与えなかった。いくらか昂奮《こうふん》はしているが、しっかりした調子で、はきはきと次のように云った。

「主人が賭け試合を致しましたのは悪うございました、わたくしもかねがね、それだけはやめて下さるようにと願っていたのでございます、けれどもそれが間違いだったということが、わたくしには初めてわかりました、主人も賭け試合が不面目だということぐらい知っていたと思います、知っていながらやむにやまれない、そうせずにいられないばあいがあるのです、わたくしようやくわかりました、主人の賭け試合で、大勢の人たちがどんなに喜んだか、どんなに救われた気持になったか」

「おやめなさいたよ、失礼ですから」

「はいやめます、そして貴方にだけ申上げますわ」おたよは向き直り、声をふるわせて云った——、「これからは、貴方がお望みなさるときに、いつでも賭け試合をなすって下さい、そしてまわりの者みんな、貧しい、頼りのない、気の毒な方たちを喜ばせてあげて下さいまし」

彼女の言葉は嗚咽《おえつ》のために消えた。牛尾大六は辟易《へきえき》し、ぐあい悪そうに後退し、そこでなんとなくおじぎをして、ひらりと外へ去っていった。

時刻は中途半端になったが、区切りをつけるという気持で、二人は間もなく宿を出立した。あの晩の米も余っていたが、主膳の呉れた金も折半して宿の主人に預け、またなが雨のときや困っている客があったら、世話をしてやって呉れるようにと頼んで、……夫婦が草鞋《わらじ》を穿《は》いていると、あのおろくさんという女がやって来た。病的に痩せて尖った顔を（あいそ笑いらしい）みじめにひきつらせながら、「御新造さんこれ持ってって下さい」と、薬袋の古びたのを三帖《ちょう》そこへ出した、「――草鞋にくわれたとき付けるといいんですよ、煙草の灰なんですけどね、唾《つば》で練って付けるとよく効きますよ、……もっといいお餞別《せんべつ》をしたいんだけど、そう思うばかしでね、……つまらないもんだけど」

「いいえ嬉しいわ、有難う」

おたよは親しい口ぶりで礼を云い、本当に嬉しそうに、それをふところへ入れた。伊兵衛宿の人たちに追分の宿《しゅく》はずれまで送られ、そこから右へ曲って峠へ向った。

はなかなか落胆からぬけられないらしい、おたよはしいて慰めようとは思わなかった。

――これだけ立派な腕をもちながら、その力で出世することができない、なんという妙なまわりあわせでしょう、なんというおかしな世間なのでしょう。

彼女はそう思う一方、ふと微笑をさそわれるのであった。

――でもわたくし、このままでもようございますわ、他人を押除《おしの》けず他人の席を奪わず、貧しいけれど真実な方たちに混って、機会さえあればみんなに喜びや望みをお与えなさる、このままの貴方もお立派ですわ。

こう云いたい気持で、しかし口には出さず、ときどきそっと良人の顔をぬすみ見ながら、おたよは軽い足どりで歩いていった。

伊兵衛もしだいに気をとり直してゆくようだった、失望することには馴れているし、感情の向きを変えることも（習慣で）うまくなっている。ただ妻のおもわくを考えて、そう急に機嫌を直すわけにいかない、といったふうであった。

だがその遠慮さえつい忘れるときが来た。峠の上へ出て、幕でも切って落したように、眼の下にとつぜん隣国の山野がうちひらけ、爽《さわ》やかな風が吹きあげて来ると、彼はぱっと顔を輝かして、「やあやあ」と叫びだした。

「やあこれは、これはすばらしい、ごらんよあれを、なんて美しい眺めだろう」

「まあ本当に、本当にきれいですこと」

「どうです、軀じゅうが勇みたちますね、ええ」

彼はまるい顔をにこにこと崩し、少年のように活《い》き活きとした光でその眼をいっぱいにした。早くもその眺望のなかに、新しい生活と新しい希望を空想し始めたとみえる。

「ねえ元気をだして下さい、元気になりましょう」

妻に向って熱心にそう云った。

「――あそこに見えるのは十万五千石の城下ですよ、土地は繁昌で有名だし、なにしろ十万五千石ですからね、ひとつこんどこそ、と云ってもいいと思うんだが、元気をだしてゆきましょう」

「わたくし元気ですわ」

おたよは明るく笑って、劬《いたわ》るように良人を見上げながら、巧みに彼の口まねをした。

「と云ってもいいと思いますわ」

編集後記

　山本周五郎の小説は登場人物の造形が魅力的であることや、ストーリー展開が鮮やかであることなどで、映像作家たちの興味をそそるらしく、数多くの作品が映像化されています。
　この巻では、そうした作品の中から、とくに映画化された、次の六篇を収録しています。

「狂女の話」（『赤ひげ診療譚』より。『赤ひげ診療譚』は黒澤明監督が『赤ひげ』と題して映画化）
「五瓣の椿　第六話」（『五瓣の椿』より。『五瓣の椿』は野村芳太郎監督が『五瓣の椿』と題して映画化）
「深川安楽亭」（小林正樹監督が『いのちぼうにふろう』と題して映画化）
「街へゆく電車」（『季節のない街』より。『季節のない街』は黒澤明監督が『どです

かでん』と題して映画化）
「ひとごろし」（大洲斉監督が『ひとごろし』と題して映画化）
「雨あがる」（小泉堯史監督が『雨あがる』と題して映画化）

黒澤明監督は山本周五郎の作品を、とても数多く映画化したような錯覚を持ちがちですが、実は黒澤監督が周五郎作品を映画化したのは、ここに収録した『赤ひげ診療譚』と『季節のない街』と、そして、ここでは割愛した「日日平安」（映画の題名は『椿三十郎』）の三作品に過ぎません。

そのどれもが黒澤監督の代表作と言っていい映画になっているので、黒澤監督が、もっと多くの周五郎作品を映画化したような錯覚が生まれたのかもしれません。

ところで、ここに収録したうち三つの作品はそれぞれ、「狂女の話」は『赤ひげ診療譚』の、「街へゆく電車」は『季節のない街』の、そして「五瓣の椿　第六話」は『五瓣の椿』という短篇小説連作の一部です。それをあえてこういう形で収録したのは、紙数に、全作品をすべて収録する余裕がないためですが、しかし、それぞれが、独立した短篇小説として読めるようになっているので、これら三つの短篇小説を読むことで、山本周五郎の代表作と言える三つの長篇小説を味わうことができると考えるからです。これをきっかけに、この三つの長篇小説をお読み下さるようお勧めいたします。
「深川安楽亭」、「ひとごろし」、「雨あがる」の三篇は独立した短篇小説ですが、それぞれ山本周五郎作品の多様な味わいを堪能できる作品です。

（文庫編集部）

初出一覧

「狂女の話」（「赤ひげ診療譚」より）　「オール讀物」（文藝春秋）　昭和三十三年三月号
「五瓣の椿　第六話」　「講談倶楽部」（講談社）　昭和三十四年九月号
「深川安楽亭」　「小説新潮」（新潮社）　昭和三十二年一月号
「街へゆく電車」（「季節のない街」より）　「朝日新聞夕刊」（朝日新聞社）　昭和三十七年四月一日〜四月九日
「ひとごろし」　「別冊文藝春秋」（文藝春秋）　昭和三十九年十月
「雨あがる」　「サンデー毎日臨時増刊涼風特別号」（毎日新聞社）　昭和二十六年七月一日

山本周五郎《やまもとしゅうごろう》

1903年6月22日、山梨県に生まれる。本名・清水三十六《さとむ》。1907年、東京に転居。1910年、横浜市に転居。1916年、小学校卒業後、東京、木挽町《こびきちょう》（現・銀座）の質屋・山本周五郎商店に奉公、後に筆名としてその名を借りることになる。店主の山本周五郎の庇護のもと、同人誌などに小説を書き始める。1923年、関東大震災により山本周五郎商店が罹災《りさい》し、いったん解散となり、豊岡、神戸と居を移すが、翌年、ふたたび上京する。1926年、「文藝春秋」に『須磨寺附近』を発表し、文壇デビュー。その後不遇の時代が続くが、1932年、雑誌「キング」に初の大人向け小説となる『だだら団兵衛』を発表、以降も同誌などにたびたび寄稿し、時代小説の分野で認められる。1942年、雑誌「婦人倶楽部」に『日本婦道記』の連載を開始。1943年に同作で第十七回直木賞に推されるがこれを辞退、以降すべての賞を辞退した。代表的な著書に、『正雪記』（1957）、『樅ノ木は残った』（1958）、『赤ひげ診療譚』（1959）、『五瓣の椿』（1959）、『青べか物語』（1961）、『季節のない街』（1962）、『さぶ』（1963）、『ながい坂』（1966）など、数多くの名作を発表した。1967年2月14日、肝炎と心臓衰弱のため仕事場にしていた横浜にある旅館「間門園」で逝去。

昭和40年（1965年）、横浜の旅館「間門園」の
仕事場にて。（講談社写真部撮影）

本書は、これまで刊行された同作品を参考にしながら文庫としてまとめました。旧字・旧仮名遣いは、一部を除き、新字・新仮名におきかえています。また、あきらかに誤植と思われる表記は、訂正しております。

作中に、現代では不適切とされる表現がありますが、作品の書かれた当時の背景や作者の意図を正確に伝えるため、当時の表現を使用しております。

雨《あめ》あがる　映画化作品集《えいがかさくひんしゅう》
山本周五郎《やまもとしゅうごろう》

講談社文庫
定価はカバーに
表示してあります

2020年２月14日第１刷発行

発行者――渡瀬昌彦
発行所――株式会社　講談社
東京都文京区音羽2-12-21　〒112-8001
電話　出版　(03) 5395-3510
　　　販売　(03) 5395-5817
　　　業務　(03) 5395-3615
Printed in Japan

デザイン―菊地信義
本文データ制作―講談社デジタル製作
印刷―――信毎書籍印刷株式会社
製本―――株式会社国宝社

落丁本・乱丁本は購入書店名を明記のうえ、小社業務あてにお送りください。送料は小社負担にてお取替えします。なお、この本の内容についてのお問い合わせは講談社文庫あてにお願いいたします。
本書のコピー、スキャン、デジタル化等の無断複製は著作権法上での例外を除き禁じられています。本書を代行業者等の第三者に依頼してスキャンやデジタル化することはたとえ個人や家庭内の利用でも著作権法違反です。

ISBN978-4-06-518651-0

講談社文庫刊行の辞

二十一世紀の到来を目睫に望みながら、われわれはいま、人類史上かつて例を見ない巨大な転換期をむかえようとしている。

世界も、日本も、激動の予兆に対する期待とおののきを内に蔵して、未知の時代に歩み入ろうとしている。このときにあたり、創業の人野間清治の「ナショナル・エデュケイター」への志を現代に甦らせようと意図して、われわれはここに古今の文芸作品はいうまでもなく、ひろく人文・社会・自然の諸科学から東西の名著を網羅する、新しい綜合文庫の発刊を決意した。

激動の転換期はまた断絶の時代である。われわれは戦後二十五年間の出版文化のありかたへの深い反省をこめて、この断絶の時代にあえて人間的な持続を求めようとする。いたずらに浮薄な商業主義のあだ花を追い求めることなく、長期にわたって良書に生命をあたえようとつとめるところにしか、今後の出版文化の真の繁栄はあり得ないと信じるからである。

同時にわれわれはこの綜合文庫の刊行を通じて、人文・社会・自然の諸科学が、結局人間の学にほかならないことを立証しようと願っている。かつて知識とは、「汝自身を知る」ことにつきていた。現代社会の瑣末な情報の氾濫のなかから、力強い知識の源泉を掘り起し、技術文明のただなかに、生きた人間の姿を復活させること。それこそわれわれの切なる希求である。

われわれは権威に盲従せず、俗流に媚びることなく、渾然一体となって日本の「草の根」をかたちづくる若く新しい世代の人々に、心をこめてこの新しい綜合文庫をおくり届けたい。それは知識の泉であるとともに感受性のふるさとであり、もっとも有機的に組織され、社会に開かれた万人のための大学をめざしている。大方の支援と協力を衷心より切望してやまない。

一九七一年七月

野間省一

講談社文庫 最新刊

木《こ》原《はら》音《なり》瀬《せ》　嫌な奴

BL界屈指の才能による傑作が大幅加筆修正で登場。これぞ世界的水準のLGBT文学！

鳥羽 亮　お京危うし〈鶴亀横丁の風来坊〉

仲間が攫《さら》われた。手段を選ばぬ親分一家に、彦十郎は奇策を繰り出す！〈文庫書下ろし〉

丸山ゴンザレス　ダークツーリスト〈世界の混沌《カオス》を歩く〉

危険地帯ジャーナリスト・丸山ゴンザレスの、世界を股にかけたクレイジーな旅の記録。

山本周五郎　雨あがる〈映画化作品集〉

黒澤明「赤ひげ」、野村芳太郎「五瓣《ごべん》の椿《つばき》」など、名作映画の原作ベストセレクション！

加藤元浩　量子人間《クオンタムマン》からの手紙〈捕まえたもん勝ち！〉

密室を軽々とすり抜ける謎の怪人からの挑戦状！　緻密にして爽快な論理と本格トリック。

三浦明博　五郎丸の生涯

残されてしまった人間たち。その埋められない喪失感に五郎丸は優しく寄り添い続ける。

石川智健　エウレカの確率〈経済学捜査と殺人の効用〉

自殺と断定された事件を伏見《ふしみ》真守《まもる》が経済学的視点で覆す。大人気警察小説シリーズ第3弾！

蛭田亜紗子　凜

開拓期の北海道。過酷な場所で生き抜こうとする者たちがいた。生きる意味を問う傑作！

マイクル・コナリー　古沢嘉通 訳　レイトショー（上）（下）

ボッシュに匹敵！　ハリウッド分署深夜勤務《ナイトシフト》・女性刑事新シリーズ始動。事件は夜起きる。

さいとう・たかを　戸川猪佐武 原作　歴史劇画 大宰相〈第四巻　池田勇人と佐藤栄作の激突〉

高等学校以来の同志・池田と佐藤。しかし、「次は君だ」という口約束はあっけなく破られた——。

講談社文庫 最新刊

濱　嘉之
院内刑事《デカ》 フェイク・レセプト
診療報酬のビッグデータから、反社が絡む大がかりな不正をあぶり出す！〈文庫書下ろし〉

佐々木裕一
帝《みかど》の刀《とう》匠《しょう》
〈公家武者 信平《のぶひら》(七)〉
名刀を遥かに凌駕する贋作《がんさく》を作る刀鍛冶。その類《たぐい》まれなる技を目当てに蠢《うごめ》く陰謀とは？

池井戸　潤
銀行狐
金庫室の死体。頭取あての脅迫状。連続殺人。金と人をめぐる狂おしいサスペンス短編集。

麻見和史
鷹《たか》の砦《とりで》
〈警視庁殺人分析班〉
人質の身代わりに拉致されたのは、如月塔子《きさらぎとうこ》だった。事件の真相が炙り出すある過去とは。

西村京太郎
西鹿児島駅殺人事件
寝台特急車内で刺殺体が。警視庁の刑事も殺されてしまう。混迷を深める終着駅の焦燥！

椹野道流
池魚《ちぎょ》の殃《わざわい》 鬼籍通覧
まさかの拉致監禁！ 若き法医学者たちに人生最大の危機が迫る。災いは忘れた頃に！

浅生　鴨
伴走者
パラアスリートの目となり共に戦う伴走者を描く。夏・マラソン編／冬・スキー編収録。

高田崇史
神の時《と》空《き》
〈京の天命〉
松島、天橋立、宮島。名勝・日本三景が次々と倒壊、炎上する。傑作歴史ミステリー完結。

有川ひろ ほか
ニャンニャンにゃんそろじー
猫のいない人生なんて！ 猫好きが猫好きに贈る、猫だらけの小説&漫画アンソロジー。

喜多喜久
ビギナーズ・ラボ
難病の想い人を救うため、研究初心者の恵輔は治療薬の開発という無謀な挑戦を始める！